デュラララ!!×9

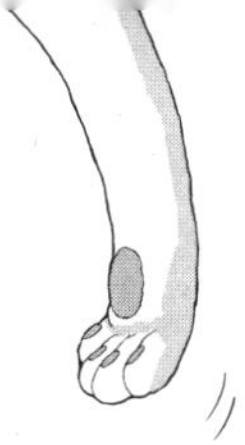

プロローグ　同窓生

――すいませんね、奈倉《なくら》さん。時間を取らせてしまって。

「えーと、鯨木《くじらぎ》さんでしたっけ。保険会社の人が俺《おれ》になんの用なんすか？」

――唐突《とうとつ》な質問ですが、折原臨也《おりはらいざや》という人間を御存知《ごぞんじ》ですか？

「折原臨也？　ああ、知ってますよ。同じ学校だったし、変わった名前だから忘れようもないっすわ。なに、あいつ、とうとうなんかやらかしたんすか？　保険金詐欺《さぎ》とか？　まさかまた俺の名前使ったんじゃないっすよね。あらかじめ言っときますけど、俺、無関係っすよ。最近は会った事もないし」

――『とうとう』とは？

「あ、保険屋さん、あいつに直接会った事ないんすか？　いや、一回会えば解《わか》りますよ。あいつが普通じゃないってのは一発で解るって。……いや、女相手には普通のフリすんのかな。あいつの信者みてーな取り巻きの女、結構いたんで」

――さっき、『また俺の名前を』とおっしゃってましたが。

「ああ……。なんつーか、俺《おれ》、あいつに名前売ったんすよ」

——名前を売った……とは？

「いや、あいつ、会って話した時、家に内緒《ないしょ》で買いたい品物とかあるから、ネット通販の申し込みに名前とかを使わせてくれ、って言ってきてさ。最初はもちろん断ったんだけど、結構いい金を呈示《ていじ》してくるからさー。クレジットカードとか口座番号教えるわけじゃねえし、別にいいかなって思って」

——具体的には、どんな事が？

「何度か、俺宛《あて》の荷物が届いたよ。事前に折原《おりはら》の奴《やつ》から『届く』って連絡《れんらく》があったし、俺は一人暮らしだから間違える事もなかったしね。あ、でも、中身が気になってさ。一回だけ、間違えたフリをして開けた事があるんすわ」

——何が入ってたんです？

「普通の本でしたよ。ちょっとエロい感じはあったけど、民俗学の研究書って感じだったかな。間違って開けたっつっても大して怒らなかったしね」

——彼は、普通の学園生活を送っていたのですか？

「普通もなにも、来良《らいら》大の講義に顔出してるのはあんまり見た事なかったなあ。いや、サボる奴《やつ》は多かったから普通っちゃ普通かもだけど……。たまに構内で白衣を着た変な眼鏡《めがね》と喋《しゃべ》ってるのを見た事あるよ。医学部の奴かなって思ったんだけど、なんか部外者らしくて……あー、そうだそうだ、折原の奴は『闇医者《やみ》だよ。銃《じゅう》とかで撃《う》たれた時、警察沙汰《ざた》にして欲しくなかったら診《み》て貰《もら》うといい』なんてくだらねぇジョーク言ってたわ」

——……。

「っと、すいません。折原の話でしたよね。まあ、でも、言った通り、なんか普通じゃない奴だったんで、ちょっと距離を置いてたのは事実だよ。さっきも言ったけど、取り巻きの女とかは別として、普通の友達ってのは……その白衣の奴ぐらいだったんじゃないかな。いや、そりゃ部外者なのに構内に連れこんでんだから友達なんだろうけど」

——孤立していたんですかね。

「まあ、高校時代に、平和島《へいわじま》っつー、すっげーヤバイ不良と揉《も》めてたらしいって話も聞いてましたからね。話してみるとそんな悪い奴でもないけどさ。何度も言うけど、普通じゃあなかったよ」

——そんな、距離を置いていた相手に自分の名前と住所を貸したんですか？

「そう言われるとアレなんだけどさ……。ほら、俺一人じゃなかったし」

——一人じゃない？

「ああ、あいつさ。大学の中に、そうやって名前を借りてる相手が何人も居たんだよ。殆《ほとん》どは女だったけど、男も何人かいたよ。それにほら、結構金に困ってたってのもあるし……」

——彼について、他《ほか》に何か知っている事は？　生《お》い立ち等についてでも構いません。

「だーからー、そういう事については、俺《おれ》に聞くのは筋違いですって！　マジでもう、あんな風に名前貸して怪しい事してたなんてのも、職場に知られたら変な目で見られるっしょ！」

──それは失礼しました。貴方《あなた》が大学時代に親しくしていた、という噂《うわさ》を聞いたもので。

「誰すか、んな事言ったの……まったく、いい迷惑《めいわく》っすよ。俺は折原《おりはら》の事なんて……」

──どうなさいました？

「いや……そう考えると、俺、あいつの事を何も知らないな」

──では、他《ほか》にどなたか彼について詳《くわ》しい人はいらっしゃいませんか？

「いや、そうじゃなくてさ、そもそも、あいつの詳しい過去とか、そういうのを知ってる奴《やつ》なんて大学に居たのかな。取り巻きの女なんか、本当にただの取り巻きに過ぎなかったろうし……。あいつ個人の事を知ってる奴がいるとすれば、さっき言った白衣の野郎《やろう》ぐらいかな」

──その人の名前は？

「解《わか》らねえっすわ。つーか、今思うと、俺、なんかとんでもない事しちまったんじゃないかって、ちょっとブルって来たんすけど。いや、来たんすよ、ブルっと、寒気っつーんすか？　あいつに俺の名前貸したのって、もしかしてとんでもない事だったんじゃねえかって……」

──大丈夫《だいじょうぶ》です。貴方の名前が使われたなどという事はありませんよ。私の知る限りですが。

「ならいいんすけど……つーか、マジでなんであいつの事を調べてんですか？　本当にあいつ、なんかやらかしたんじゃ」

――内部機密なので詳しくお話しする事はできませんが、当社が扱っている保険金の受取人に彼の名前が出てきたものですから。

「……ああ、なるほど。保険金詐欺《さぎ》とか疑ってるわけだ。……まあ、確かに折原ならやっててもおかしくねーっつーか……。人の弱みを握《にぎ》るのが上手《うま》そうだし……。あ、そうだ、それで思い出したよ。確かあいつ、なんかの時に人間観察が趣味《しゅみ》だとか言ってた」

――人間観察、ですか。

「痛いだろ？　大学生にもなって『趣味は人間観察だ』なんて言い切れるんだからよ。でも、上から目線、ってのともちょっと違うっつーか……ほら、ネコ好きの奴がネコを見る時、純粋に可愛《かわい》い可愛いっつーだろ？　ネコが怒ってようが、拗《す》ねてようが、ただ寝てるだけだろうが」

――人間をネコのように見るのなら、それは上から目線なのでは？

「いや、そうでもないっつーか……あくまで人間をネコに喩《たと》えたらの話だけどよ……」

――？

「あいつは多分、ネコが車に轢《ひ》かれようが、病気で死ぬ瞬間《しゅんかん》だろうが、ネコ同士で喉笛《のどぶえ》を噛《か》み千切《ちぎ》りあってようが、いつもと同じように言うんだと思うぜ」

「……『可愛いねえ』ってよ」

暗い場所で　1

「気分はどうかなあ？　情報屋さん」

その場所は、一見すると開店前のバーのように感じられた。

だが、本来酒が並ぶ筈《はず》の棚《たな》は空《から》になっており、所々で壁紙などが剝《は》がれていて、営業を続けている真っ当な店とは思えない。

「それとも、折原臨也《おりはらいざや》ってフルネームで呼んであげた方がいい？」

暗い店の中に響《ひび》き渡るのは、若い女性の声だった。

年は二十代半ばといった所だろうか。どこかの高級ブティックの店員といった格好をしており、薄化粧《うすげしょう》の顔の上には、少しだけパーマの掛かったミニマムショートの髪《かみ》が載《の》っている。

見た目の割には少女趣味《しゅみ》の混じった口調《くちょう》で問うが、暗い店内から返事はない。

彼女の周囲には、バーの中の錆《さ》び付いた椅子《いす》に座る複数の影が。

人影には女の方が圧倒《あっとう》的に多いが、何人かはゴツイ体型の男も混じっているようで、店内に電気が灯《とも》ってこざっぱりとしていれば、ホステス達とウェイター&用心棒《ようじんぼう》といった雰囲気《ふんいき》だ。

だが、そんな空気を完全に否定する存在が、店の中央に座らされていた。

洒落《しゃれ》たデザインのスチールフレームチェアに座る、一人の男。

黒い服を纏《まと》っているように思うが、暗い店内なので詳《くわ》しいデザインは解《わか》らない。

しかし、その男にとっては店内の明暗など関係ない状態だった。

男は、コーヒー豆の輸出入などに使われるような麻袋《あさぶくろ》を頭から首にかけて被《かぶ》せられており、顔は疎《おろ》か、髪型《かみ》すらも解らない状態だ。

呼吸音だけは聞こえてくるが、女の問いかけに対する返事はない。

男の両手は背中側で縛《しば》られており、目の見えない状態では迂闊《うかつ》に立ち上がる事もできないような状態だった。

「あは、返事できないかぁ。そうだよねー、ここに来るまでに、たくさんたくさん殴《なぐ》られちゃったんだもんねえ。あ、もしかして、歯とか全部折っちゃった？」

自らも男と同じタイプの椅子に座ったまま振り返り、背後の人影に問いかけるミニマムショートの女。

背後にいた女の一人は、淡々《たんたん》とした調子で女の声に応《こた》えた。

「壊《こわ》してないよ。いい男だったし、勿体《もったい》ないじゃん」

「そ、ならいいの。これからの楽しみが多い方がいいしね」

まだ十代なのではないかと思えるような声だったが、暗闇《くらやみ》の中なので年齢《ねんれい》は良く解らない。

一体どういった集団なのか、麻袋の男には一切説明せぬまま、この室内をミニマムショートの女が支配しているという空気だけを押しつける。

「で、情報屋さん、あなた、なんで今、こんな事になってるのか解るかなあ？」

再び麻袋の男に問いかけるが、答えはない。

荒い呼吸音だけが布越しに聞こえるだけで、相手に意識があるのかどうかも解らなかった。

「ヒントだよ、私の渾名《あだな》は……ミミズ。こう言えば解るかなあ？」

ミミズという、渾名というよりは悪口に近い二《ふた》つ名《な》を聞き、男は、麻袋に包まれた頭をゆっくりと持ち上げた。

「あっは！　反応した反応した！　なにこれ、人形みたい！　面白《おもしろ》ーい！」

ケラケラと嗤《わら》う女――ミミズは、不思議系の女子高生が後輩《こうはい》の男子生徒に言うような感じで、麻袋の額《ひたい》部分を人差し指で押しながら呟《つぶや》いた。

「一つ、いい事を教えておいてあげるね、折原臨也《おりはらいざや》さん」

「……」

無言のままの情報屋に対し、女は更《さら》に言葉を紡《つむ》ぐ。

「情報屋だかなんだか知らないけどさ、お兄《にい》さん、ちょっと目立ちすぎだよね？」

「……」

「私達の事を調べようなんて物好きがいるから、ちょっと調べてみたら、なんなの、お兄さん。

面白《おもしろ》過ぎるよ？　五十二枚全部ババのトランプでババ抜きするぐらい面白いっぽいよ？」

珍妙《ちんみょう》な喩《たと》えを出すミミズに、麻袋《あさぶくろ》をかぶった男は、相変わらず呼吸音を響《ひび》かせるだけだった。

「情報屋ってさ、あれでしょ？　普通は、水商売のお姉《ねえ》さんとか、お巡《まわ》りさんとか、怖《こわ》ーい人達の下にいる小間使《こまづか》いさんとか、風俗の客引きの人とか……そういう人達が、自分の知ってる事を他《ほか》の人にお金で売るっていう『副業』だよねえ？」

「……」

「それをメインにして、しかも『情報屋』なんて名乗って、しかも有名だなんて、情報屋として最低なんじゃないかなあ？　だってさ、例えばお巡りさんや怖い人達の情報屋なんて、自分がそうだってバレたら、大変な事になっちゃうよね？　逮捕《たいほ》されたり、指を詰めたりしなくちゃいけないよね？　ああ、それとも、東京湾《とうきょうわん》でお魚さんの餌《えさ》になっちゃうのかな？　ねえ？」

クスクスと嗤《わら》いながら、女は物騒《ぶっそう》な事を軽い調子で口にする。

まるで、童話のエピソードを子供に語り聞かせているかのように。

「教えてあげる『いい事』っていうのはね……貴方《あなた》みたいな目立ちたがり屋さんは、情報屋には一番向いてないって事だよ？　勉強になったかな？」

「……」

「ねえ、聞こえてる？　ヒントっていうか、答え言っちゃうけど……粟楠《あわくす》会の怖いおじさん達に言われて、私達の事を調べてたんでしょ？」

反応がない麻袋男の額《ひたい》に人差し指を置いたまま、クルクルと円を描くように手首を動かすミミズ。憔悴《しょうすい》しているのだろうか、男の頭がそんな彼女の動きに逆らう事無く揺れ動く。

「でも、『いい事』っていったけど、あんまり参考にはならないかな？」

「……」

「だって、もう二度とお仕事とかできなくなるんだもんねえ？」

少女のように無邪気《むじゃき》な表情で、残酷《ざんこく》な事を言う二十歳《はたち》過ぎの女。

彼女達は、一体何者なのか。

そして、この廃棄《はき》された店舗《てんぽ》の中で、一体何が起こっているのか――

時は数日前――折原臨也《おりはらいざや》という情報屋の許《もと》に、粟楠会からの依頼が入った時まで遡《さかのぼ》る。

1章　情報屋

8月上旬《じょうじゅん》　都内某所《ぼうしょ》

「なんだかこの車に乗るのも久しぶりですね」

高級車の後部座席。左側の窓側に座り、外に流れる町の景色《けしき》を見ながら、折原臨也《おりはらいざや》が呟《つぶや》いた。

黒いシャツの上に、やはり黒い薄手《うすで》の夏用コートを身に纏《まと》っている青年は、緊張《きんちょう》した様子もなく同じ車内に座る男に向き直る。

「四木《しき》さんの顔も、なんだか懐《なつ》かしく感じますよ」

「そうですかね。私には、つい先日の事のように思えますが」

淡々《たんたん》と答えるのは、切れ長の目が特徴的な、三十代～四十代といった風体《ふうてい》の、威圧《いあつ》感のある男だった。

四木と呼ばれたその男は、臨也に対して感情の見えぬ表情を向け、淡々と自分の言葉を口にする。

「腹を抉《えぐ》られたと聞きましたが、大丈夫《だいじょうぶ》ですか？」

「ああ……なんかニュースになっちゃったらしいですね。写真が出なかったのが幸いですけど」

「誰にやられたんです？」

「私も探ってる最中ですよ。まあ、私に逆恨みする人は多いでしょうからね。……それを聞くために、久々に呼びつけたわけじゃないでしょう？」

「興味本位半分、仕事半分ですよ。うちが贔屓《ひいき》にしている情報屋を刺《さ》した奴《やつ》がいるってんなら、もしかしたらうちに仇《あだ》なす連中かもしれない……ってだけの話です」

首をクイ、と横に伸ばし、四木《しき》は更《さら》に問いかける。

「ところで、折原《おりはら》さん、あなたは『奈倉《なくら》』っていう奴に心当たりはないですかね？」

明らかに年下の臨也《いざや》に対し、慇懃《いんぎん》な態度で尋《たず》ねる四木。だが、その言葉には鋭い冷たさが含まれており、彼の声が響《ひび》くだけで車内の空気が鋭さを増した。

そんな空気の中でも、臨也はいつもの調子で口を開く。

「ナクラさん？　それ、名字《みょうじ》ですか、名前ですか？　中学の時と大学の時の同窓生に、それぞれそんな名前の奴がいたような気もしますけど……」

「いえ、うちの組長のお嬢《じょう》さんに、色々と妙《みょう》な事を吹き込んだ奴でしてね……」

「お嬢さんて、まだ小学生ですよね？　ダメですよ、池袋《いけぶくろ》の治安がいくらいいからって、悪い男を近づけちゃ。いや、それとも女なんですかね、そのナクラっていうのは？」

全く取り乱した様子もなく呟《つぶや》く臨也に、四木は数秒沈黙《ちんもく》し――

やがて、何事も無かったかのように『本題』に移る。

「……ま、世間話はこのぐらいにしておきましょう。今日《きょう》は、貴方《あなた》に一つ調べて欲しい事がありましてね。我々が派手《はで》に動くわけにはいかないし、普通の探偵《たんてい》を雇《やと》うには、少々危険の大きい事案です」

「私なんかに声をかけてくださったという時点で、そういう仕事だってことは察しが付きますよ。最悪、私を斬《き》り捨てても粟楠《あわくす》会さんにはなんの痛手もありませんからね」

皮肉の込められたその言葉には何も応《こた》えず、四木は一つの単語を口にした。

「……『アンフィスバエナ』、という名に心当たりは？」

唐突《とうとつ》に切り出された単語に対し、臨也は殆《ほとん》ど間を空《あ》けずに斬《き》り返した。

「アンフィスバエナ……リビアに住むと言われる伝説上の蜥蜴《とかげ》ですよね。身体《からだ》の前と後ろに頭を持った双頭《そうとう》の毒蜥蜴。多くの詩人の手によって、身体にコウモリの羽が生《は》えたり色々な『進化』を遂《と》げさせられ、西洋貴族の紋章《もんしょう》にも使われるようになった存在ですよ」

「……ほう。初耳の情報ばかりだ。私には、西洋の神話に出てくる竜《りゅう》、ぐらいの知識しかありませんでしたよ」

「寧《むし》ろそれすら知ってる人は少ないと思いますよ。日本ではマイナーな伝承《でんしょう》ですから。……というか、わざわざ四木さんが調べたっていう事は、その単語絡《がら》みで何かあったわけですね」

推測で話を進める臨也《いざや》だが、四木《しき》は話が早いとばかりに頷《うなず》き、言葉を続ける。

「アンフィスバエナ、そういう名前の組織……いや、店名とでも言うべきか、そういう名前の闇《やみ》カジノを仕切るグループがありましてね」

「なるほど？　粟楠《あわくす》さんが仕切っている賭場《とば》の中にはない名前ですね」

自分は粟楠会の絡《から》んでいる店舗《てんぽ》を全《すべ》て知っているとでも言いたげな言葉。四木はそれを否定も肯定《こうてい》も、不快な表情すらすることなく、淡々《たんたん》と言葉を紡《つむ》ぎ続ける。

「……最近だと、組が直接その手の店を開く事が難しいってのは、折原《おりはら》さんも御存知《ごぞんじ》でしょう。表向きの店を出そうにも、調べられて少しでも組の名前がちらつけば営業許可が下りませんからね。マンション賭博《とばく》とかになるとまた話は別ですが……まあ、それはいいでしょう」

四木はそこで一息つき、バックミラー越しに臨也の目を見てから再び口を開いた。

「縄張《なわば》りの中にある組とは無関係の店から、違法賭博をネタに多めにミカジメ料を取るってのがうちのやり方ですがね。その店が、どこにあるのかが掴《つか》めないんですよ」

「掴めない？」

「……『会員制の闇《やみ》カジノがある』って話は、割と昔から聞いてたんですがね。最初は、単なる噂《うわさ》と思って聞き流す人間が殆《ほとん》どでした。ですが、確かに、こちらがミカジメを取ってる闇カジノや、あるいはうちが直接噛《か》んでる賭場の客まで減ってる始末でしてね……」

「なるほど……詳《くわ》しい話を伺《うかが》いましょうか」

四木の説明によると、最近になって『アンフィスバエナ』の情報が真実味を増したのは、粟楠会が金主《きんしゅ》となっている闇金業者の常連がポロリと情報を溢《こぼ》したからだそうだ。

さっそくその常連を脅《おど》し、賭場が開かれているという場所に案内させたのだが――そこは、単なる貸しパーティー会場で、探りをいれようとした時には既《すで》に結婚相談所の主催《しゅさい》するパーティーが開かれている最中だったという。

常連を再び脅してみたのだが、彼にもわけが解《わか》っていなかったようだ。賭場が開かれる会場は、会員制のメールで回ってくるそうで、そこには『パーティーのお知らせ』のような物しか書かれておらず、賭博については一切《いっさいふ》触れられていない。

通常、そうした会場貸し業者が賭博に場所を貸す筈《はず》などないのだが――店内では、チップからの換金《かんきん》も、金によるチップの購入も行われていないのだそうだ。

「へえ……換金は別の場所でなんて、まるでパチンコ屋の景品交換所みたいですね」

そこまでの説明を聞いて、臨也は薄《うす》い笑みを浮かべて見せた。

四木はそんな笑みに対して無表情を返し、そのまま説明の続きを口にする。

「チップのやり取りもおおっぴらにやってるわけじゃなく、ＩＣチップだかなんだかを使って管理してるらしいですよ。パーティー会場の管理人からすりゃ、単に金の動き無しの卓上《たくじょう》ゲーム大会をやってるようにしか見えないそうでね」

「確かに」

「警察の立場なら、招集するメールから色々と辿《たど》れば終わりなんでしょうが……こっちの立場で辿ろうにも、海外のサーバーを挟《はさ》んでるらしく、かなり厄介《やっかい》な感じでしてね。海の向こうの同業者の皆さんに渡りをつけてまで追う程の話ってわけでもありませんから」

肩《かた》を僅《わず》かに竦《すく》めながら話す四木《しき》だが、その言葉に含まれる鋭さは欠片《かけら》も鈍《にぶ》ってはいない。

臨也《いざや》はそんな威圧《いあつ》感のある声に晒《さら》されつつも、あくまで自分のペースを守り続ける。

「でも、話だけ聞くと、随分《ずいぶん》と大胆《だいたん》というか、後先《あとさき》考えない手口ですよねそれ。チップを使わない電子管理の賭博《とばく》とは。負けた時にいくらでも難癖《なんくせ》つけられそうなもんでしょう。『この負けの数字は故障《こしょう》だ』とかなんとか」

「その通りですよ。まあ、その辺は何かしら考えてるんでしょうがね。……他《ほか》の事も含めて、『アンフィスバエナ』の連中の手口は酷《ひど》く危うい。綱渡《つなわた》りどころか、とっくに足を踏み外してるのに、落ち続けてる事に気付いてない状態と言ってもいいでしょう」

「つまり、しっかりと地面に叩《たた》きつけてやりたいってわけですね」

これまでで一番楽しそうな表情を見せる臨也だが、四木はそんな声に応《こた》える事はない。

「最初に話を聞いた常連の所に、それ以降は一切メールの連絡《れんらく》も来てない、ってのが妙《みょう》な話でしてね。まるで、こちらが感づいた事までお見通しだったとばかりにドロンしたとなりゃ、こちらも少々手を変える必要が出てきましてね」

「それで、俺《おれ》みたいなフリーの人間を雇《やと》うってわけですか。使い捨てできますしねぇ」

「うちの縄張《なわば》りだけの問題だったら、そこまでいきりたつ事でもないんですがね。粟楠《あわくす》会だけじゃなく、他《ほか》の目出井《めでい》組系列のシマの中でもそんな噂《うわさ》が立ってるとなりゃ、話は色々と変わってきましてね。最低でも、どこかの組がバックについてるのかどうかだけでも知る必要がある。でないと、目出井の組同士でお互いが疑心暗鬼《ぎしんあんき》になりますから」

そこで、彼は静かに息を吐《は》き出し、臨也に告げる。

「つまり、その連中の裏ぁ探って欲しい、って事ですよ」

♂♀

数分前　都内某所《ぼうしょ》　路上

『まあ待て、話し合おうじゃないか』

そんな文字が、黒いライダースーツを纏《まと》った人影の手の中に浮かび上がる。

より正確には、手の中にあるＰＤＡの画面上にだが。

ライダーが跨《また》っているのは、一台のバイク。そのバイクにはヘッドライトもナンバープレートもなく、搭乗者《とうじょうしゃ》のライダースーツのように、周囲の光を全《すべ》て吸い込むかのような漆黒《しっこく》のカラーリング。フレームやホイールまで見事に黒に染められているその佇《たたず》まいは、まるでバイクの影だけが立体的に浮き上がっているかのようだった。

しかし、そんな異常とも幻想的とも言えるバイクの前に立ち塞《ふさ》がるのは――

これでもかという程に現実的な集団だった。

「ほう……観念して弁護士でも呼ぶ気になったか？」

集団――数台の白バイ警官の先頭にいた男が、ライダーに向かって不敵《ふてき》な笑みを浮かべて見せる。その笑みにゾワリと背筋を震《ふる》わせながら、黒バイクのライダーは更《さら》なる文字をＰＤＡに打ち込んだ。

『し、調べてみたんだが、東京都《とうきょうと》の場合は、軽車両扱いでも馬に灯火の義務はないという話じゃないか。灯火義務の項目にも【牛馬は除く】と書いてあったぞ』

「ちっ……バレたか……」

『バレたかって……こ、この不良警官！　横暴だ！　冤罪《えんざい》だ！　汚職じゃないか！』

ここぞとばかりに強気に文字をぶつけるライダーに対し、白バイ集団のリーダー――葛原金《くずはらきん》之助《のすけ》は、更《さら》に口元を歪《ゆが》ませながら問いかける。

「ほう。なら、あくまでそれは馬だと言い張るんだな？」

『わかってくれたか』

いけるかもしれない。そんな安堵《あんど》が胸に去来しかけたライダーに、葛原はハンドルを握《にぎ》り込みながら問い続ける。

「で、お前はその馬という軽車両で、バイクと同じように道路を走ってきたんだな？」

『えっ』

「軽車両と二輪車の道路走行のルールについての違いは、どれだけ言える？」

『……えーと……それは……』

旗色が悪くなったのか、ライダーのＰＤＡの画面上に、誤魔化《ごまか》すような『……《三点リーダー》』が増える。

「とりあえず、あそこの標識見えるか？」

葛原が指さした先に見えるのは、規定速度を現す『30』と書かれた看板《かんばん》だった。

「で、自転車とかでも、標識の規定速度は守る必要があるって知ってるか？　お前、今、俺《おれ》らから逃げる時に明らかにオーバーしてたよな？」

『……!?』

「この俺を相手に5分も停止命令無視とは良い度胸だ……。つーわけで、大人《おとな》しく身分証を……あっ、テメエ！」

話の途中《とちゅう》でエンジン音すら響《ひび》かせる事なく急発進し、その場から一目散《いちもくさん》に逃げ出す黒バイク。

無音走行という不自然かつ不気味《ぶきみ》極まりない光景を前にしても、決して怯《ひる》む事なく――交通機動隊は、今日《きょう》も路上の治安を守る為《ため》に走り出す。

たとえ、相手が異形《いぎょう》の化物《ばけもの》であろうとも。

♂♀

セルティ・ストゥルルソンは人間ではない。

俗に『デュラハン』と呼ばれる、スコットランドからアイルランドを居《きょ》とする妖精《ようせい》の一種であり——天命が近い者の住む邸宅《ていたく》に、その死期の訪れを告げて回る存在だ。

切り落とした己の首を脇に抱《かか》え、俗にコシュタ・バワーと呼ばれる首無し馬に牽《ひ》かれた二輪の馬車に乗り、死期が迫る者の家へと訪れる。うっかり戸口を開けようものならば、タライに満たされた血液を浴びせかけられる——そんな不吉《ふきつ》の使者の代表として、バンシーと共に欧州《おうしゅう》の神話の中で語り継《つ》がれて来た。

一部の説では、北欧《ほくおう》神話に見られるヴァルキリーが地上に堕《お》ちた姿とも言われているが、実際のところは彼女自身にもわからない。

知らない、というわけではない。

正確に言うならば、思い出せないのだ。

祖国で自分の『首』を盗《ぬす》まれた彼女は、己の存在についての記憶《きおく》を欠落してしまったのだ。

『それ』を取り戻すために、自らの首の気配を追い、この池袋《いけぶくろ》にやってきたのだ。

首無し馬をバイクに、鎧《よろい》をライダースーツに変えて、何十年もこの街を彷徨《さまよ》った。

しかし結局首を奪還《だっかん》する事は叶《かな》わず、記憶《きおく》も未だに戻っていない。

首を盗んだ犯人も分かっている。

首を探すのを妨害《ぼうがい》した者も知っている。

だが、結果として首の行方《ゆくえ》は解《わか》らない。

セルティは、今ではそれでいいと思っている。

自分が愛する人間と、自分を受け入れてくれる人間達と共に過ごす事ができる。

これが幸せだと感じられるのならば、今の自分のままで生きていこうと。

強い決意を胸に秘め、存在しない顔の代わりに、行動でその意志を示す首無し女。

それが——セルティ・ストゥルルソンという存在だった。

♂♀

都内某所《ぼうしょ》　高級車内

そんな、普通の人間からすれば『異常』の塊《かたまり》とも言うべき存在——首無しライダーが、臨也《いざや》達の乗る車の横を追い抜いていく。

すぐ後に続く白バイ隊の動きを目で追いながら、臨也は楽しそうな笑みを浮かべて呟《つぶや》いた。

「今日《きょう》も警察は頑張《がんば》ってるみたいですねえ。東京《とうきょう》の治安も安心だ」

粟楠《あわくす》会の幹部に対する台詞《せりふ》とは思えない事を吐《は》き出す臨也だが、四木《しき》は特に不機嫌《ふきげん》な顔を見せてはいない。代わりに、相手の調子に同調する様子も無かったが。

「今の白バイ警官が来てから、正直あの運び屋さんには仕事を頼みづらくなりましたよ」

「葛原金之助《くずはらきんのすけ》。葛原って名字《みようじ》は、貴方《あなた》達にも思う所があるんじゃないですか？」

「マル暴《ぼう》にいるのは葛原夢路《ゆめじ》でしたっけ？　確か、その警部のせいで黄根さん、、、、、、も粟楠会を破門、、、に……」

「……」

臨也の言葉は、四木の声によって途中《とちゆう》で遮《さえぎ》られる結果となった。

「余計な好奇心《こうきしん》は蛇《へび》すら殺すぜ、情報屋」

初めて、仕事相手に対する慇懃《いんぎん》な敬語ではなく、干支《えと》がひとまわり分以上も年下の青年に対する口調《くちよう》となった。

だが、余計な事を突かれた怒気《どき》が籠《こ》もっていたわけではなく——四木の表情は、僅《わず》かに笑っている。笑顔であるにも関わらず、言葉はひたすらに、鋭く、重い。

押し当てられた威圧感《いあつかん》に怯《ひる》む事なく、臨也《いざや》もあくまで泰然自若《たいぜんじじゃく》とした態度を保ちながら、四《し》木《き》の言葉にツッコミを入れる。

「それを言うなら猫《ねこ》じゃないですか、四木さん」

「西洋じゃ、猫は九回殺せば終わりだって言うが……蛇《へび》は、再生を繰り返す不老不死《ふろうふし》の象徴《しょうちょう》って言うだろう？　……殴《なぐ》られようが刺《さ》されようが脱皮して戻ってくるアンタみたいにな」

「……四木さんて、意外とそういう方面詳《くわ》しいですよね。漫画とか好きなんですか？」

皮肉を口にするが、四木は情報屋の言葉を耳に入れず、淡々《たんたん》と自分の言葉だけを口にした。

「情報屋のアンタが何を識ろうが、知ったことじゃない。俺《おれ》達にとって重要なのは、そいつをアンタが呑《の》み込んだままにするか、舌《した》に乗せて吐《は》き出すか……それだけだ」

「肝《きも》に銘《めい》じておきますよ」

「好奇心《こうきしん》は猫を九回刻む程度で終わりだろうが、『余計な』好奇心は、それよりちょいとばかし手間暇《てまひま》掛かったオシオキが待ってる……って話だよ、情報屋」

「……」

一瞬《いっしゅん》の沈黙《ちんもく》。

「さて、仕事の話に戻りましょうか」

この数十秒間の饒舌《じょうぜつ》が嘘《うそ》であるかのように、四木は顔面から表情を消し去り、機械的に声を紡《つむ》ぎ出す。

「そのアンフィスバエナの件で、一つだけこちらが摑《つか》んだ情報がありましてね」

「なんです？」

「うちの、赤林《あかばやし》は御存知《ごぞんじ》ですよね？」

臨也の問いに、四木は粟楠《あわくす》会の一員である、武闘派幹部の名前を出した。

「ええ、『邪《ジャ》ン蛇《ジャ》カ邪《ジャ》ン』のケツモチやってる人ですよね？　武闘《ぶとう》派幹部って言っても、最近は随分《ずいぶん》と丸くなったという噂《うわさ》を聞きましたけど？」

「さてねえ。牙《きば》を隠《かく》しているだけかもしれませんよ。そもそも、情報屋なんて商売をやってるクセして、丸い物が安全だなんて幻想を信じてるわけでもないでしょう」

「確かに。……で、その赤林さんがどうしました？」

苦笑混じりの言葉を添えた後、臨也は『余計な好奇心』に満ちた目つきで四木の言葉の続きを待つ。

「折原さんが刺《さ》されて姿を消してた間、彼がちょいと若い連中と揉《も》めましてね。大学生のクセして自家製のドラッグを売り歩いてる小僧《こぞう》共なんですが……赤林が上手《うま》い事やって打撃《だげき》を与えたのはいいんですが、まだ根っこの連中の足取りが摑めないままでしてね」

「その連中が、アンフィスバエナじゃないかって言うんですか？」

話の流れから推測できる事だけを口にする臨也だったが、返ってきた答えは別のものだった。

「いえ……そのアンフィスバエナの連中と、揉めてる可能性があるんですよ」

「へえ？」

「その売人グループの下《した》っ端《ぱ》を一人攫《さら》ったんですがね。そいつは上の連中に、『アンフィスバエナを探せ』って言われてたらしいんですよ。『上の連中』とやらが、どれだけ実態を摑《つか》んでいるのかは解《わか》りませんがね」

「なるほど。で、その売人グループとやらを調べるのも、依頼のうちなんですか？」

当然と言えば当然の疑問。

だが、四木《しき》は静かに首を振ると、臨也《いざや》に一つの封筒を差し出した。

受け取った臨也は、中に数名の福沢諭吉《ふくざわゆきち》の集団が整列している事を確認すると、そのまま夏用コートの内側にしまい込んだ。

相手が金を受け取ったのを最後まで確認した後、質問に対する答えを口にする。

「売人グループについては私達が別のルートで調べていますので、強く留意《りゅうい》する必要はありませんよ。ただ……『アンフィスバエナ』を探ってる事がバレたら、そいつらにも目を付けられる可能性はありますからね。それを注意して頂きたいというだけです」

それだけ聞くと、後は無駄《むだ》な会話とでも言うばかりに目を伏せた臨也だったが——ふと、気になったように四木に対して問いかける。

「ところで、別のルートってなんです？」

しかし、返ってきたのは、四木の鋭く重い微笑《ほほえ》みだけだった。

「情報屋、余計な好奇心《こうきしん》は……」

「解《わか》りましたよ、聞かない事にしておきますし、識りたい時に勝手に知ります」

「……」

「まだ、蛇《へび》の蒲焼《かばや》きにはされたくないんでね」


その数分後、車は池袋《いけぶくろ》のとある場所に辿《たど》り着く。

臨也は夏用コートのポケットに右手を突っ込み、道の脇に止められた車から降りるべく、ドアレバーに左手の指をかける。

「それにしても、いつもは乗せた場所に降ろしてくれるのに、今日《きょう》は違うんですね」

粟楠《あわくす》会の幹部を相手に、全く物怖《ものお》じしない態度を取る若者に対し——四木は、無表情のままその理由を口にした。

「なに、簡単な事ですよ。貴方《あなた》をここで降ろすのは、ほんのついでに過ぎないんですから」

「？」

相手の言葉の意図を推測しながら、臨也がドアを開けて外に降りると——

そこには、一人の少女が立っていた。

「……」

自分と比べて干支《えと》ひとまわり以上年下と思しき少女を見て、臨也《いざや》はこの車が止まった場所を思い出す。

『楽影《らくえい》ジム』と大きく書かれた看板《かんばん》が目に映り、その看板が掲《かか》げられたビルからはかけ声やサンドバッグを叩《たた》く音が響《ひび》いていた。

無言のままの臨也の背中から、四木《しき》の声が響き渡る。

「丁度《ちょうど》、組長のお嬢《じょう》を迎えに来た所でしてね」

その声に合わせて、臨也は改めて眼下《がんか》の少女に視線を移す。

背中に道着袋を担《かつ》いだその少女は、臨也にとって見覚えのある少女だった。

粟楠茜《あわくすあかね》。

かつて、臨也の策略《さくりゃく》により、平和島静雄《へいわじましずお》を殺そうとした少女。

四木は鋭い目つきで、ポカンとした顔の茜と、臨也の背中を見比べる。

運転席にいた粟楠会の人間は、ゴクリと息を呑《の》んでハンドルを握《にぎ》り込む。

だが——粟楠茜は、『臨也には見覚えのある少女』——ただ、それだけの話だった。

「やあ、初めまして！　君は、粟楠茜ちゃんかな？」

粟楠会の組長の孫娘《まごむすめ》の名前など知ってて当然というように、自然な調子で臨也は少女の名前を口にした。

「え？　あ、その……はい！」

最初は面《めん》を喰らっていたようで、警戒《けいかい》の目で臨也を見上げていたが——背後の車の中にいる四木の姿を確認した途端《とたん》、茜は安堵《あんど》したように返事をした。

そんな二人の様子を確認してから、四木は茜に問いかける。

「お嬢は、会うのは初めてでしたっけ？」

「はい。ええと、粟楠茜です。初めまして！」

やや緊張《きんちょう》したような声で呟《つぶや》く少女だが、嘘《うそ》をついているようには思えない。純粋に、人見知り混じりの緊張だろう。

四木はそんな茜の顔を暫《しば》し観察した後、臨也に対して口を開く。

「それじゃ、仕事の方……宜《よろ》しくお願いしますよ」

「ええ、それじゃあ、私はこれで」

すれ違いざまに、軽く茜の頭を撫《な》でて立ち去る臨也。

茜は初めて見る男の顔に首を傾《かし》げつつも、すぐに忘れて車の中へと足を踏み入れた。

——やっぱり、四木さんは鋭いねえ。

車がその場を離れて行くのを確認した後、臨也は心中《しんちゅう》で独りごちる。

──直接茜《あかね》ちゃんを弄《いじ》らなくて、本当に良かったよ。

茜を誑《たぶら》かして静雄《しずお》を殺すように仕向けた時の事を思い出し、臨也《いざや》は小さくほくそ笑む。

『イザヤ』という名で茜の前に顔を出し、臨也の指示通りに動いた一人の哀れな人間の事を思い出しながら──

臨也は、温かい微笑《ほほえ》みを浮かべて見せた。

まるで、猫《ねこ》好きの人間が、子猫達のじゃれ合う姿を思い出しているかのように。

チャットルーム

・・・

チャットルームには誰もいません。
チャットルームには誰もいません。
チャットルームには誰もいません。

純水100％さんが入室されました。

純水100％【やっぱり、昼間は誰もいないんですね！】
純水100％【みなさん、お忙しいんでしょうか！】
純水100％【なんだか、寂しいです……】
純水100％【ていうか、元からここにいたメンバーって、甘楽《かんら》さんと、セットンさんと、田《た》中太郎《なかたろう》さんと、バキュラさんと、罪歌《さいか》さんと、狂さんと、参さんでしたっけ？】

純水100%【結局、その皆さんってどういうお知り合いなんですかね？】
純水100%【顔見知りのリア友だったりするのか、それともネットだけのお友達なのか、ちょっと気になるんですよね】
純水100%【私は、狂さんに呼ばれて来たから、狂さんと参さんとはリア友って感じなんですけどー、あの二人も、誰が誰なのかとか、教えてくれないんですよねー。もしかしたら本当は誰も知らないのかもしれませんけど】

バキュラさんが入室されました。

バキュラ【呼ばれて飛び出ましたよっと】
純水100%【わお!? 凄《すご》い、見張ってたんですか？】
バキュラ【女の子がいる所は、】
バキュラ【いつでもチェックするのがチーム男子の嗜《たしな》みですから！】
純水100%【やだもー、私が女の子だとは限りませんよ？ ネカマさんかもしれませんよ？】
バキュラ【逆に、】
バキュラ【もしかしたらしゃろさんとか餓鬼《がき》さんが女の子だっていう可能性もありますから】
純水100%【そっか、互いの素性《すじょう》は解《わか》りませんもんね】

純水100%【でも、しゃろさんが女の子とかだったら、凄《すご》いギャップですよw】
バキュラ【ギャップ萌《も》えです】
純水100%【あ、バキュラさんって、萌えとか言っちゃう系の人？】
バキュラ【女性と話を合わせる為《ため》だったら何でもしますよ】
純水100%【でも、本当にずっと見てるんですか？　このチャットルーム】
バキュラ【いやー、】
バキュラ【プログラムで、人が入ってきたら通知があるようにしてるんです】
純水100%【信じられない！　どれだけ大好きなんですかこのチャットルーム！】
純水100%【あ、もしかしてもしかして、このチャットルームに、気になる人がいちゃったりするとか？　あ、でもそれは無いか。バキュラさんの恋人はサキさんですもんね！】
バキュラ【なんの事だか解りませんね】
純水100%【やだもー！　二人の会話とか見てれば丸わかりですって！　バレてないとでも思ってたんですか⁉】
バキュラ【黙秘《もくひ》権の権利を主張します】
純水100%【ふーん。じゃあそれは聞かないでおいてあげます！】
純水100%【じゃあ、バキュラさんのリア友とかいるんですか？　前の面子《メンツ》に】
バキュラ【いやいや、】

バキュラ【やめましょうって、】
バキュラ【あんまりリアルを探り合うのって良くないですよ】
純水100％【バキュラさんって真面目《まじめ》なんですね。気にならないんですか？　ネットの向こう側にいるのがどんな人なのか、とか】
バキュラ【知らない方が良いこともあるかもしれませんし】
バキュラ【ここで上手《うま》く行ってるんなら、】
バキュラ【特に追及する必要は無いんじゃないですかね】
バキュラ【じゃ！】

バキュラさんが退室されました。

純水100％【行っちゃった】
純水100％【でも、本当に、誰かを気にしてるんだったりして】
純水100％【そういえば、田中太郎《たなかたろう》さんって、最近全然入室しませんよね】
純水100％【田中太郎さん、もしも見てるんだったら、早く戻って来て下さいね☆】
純水100％【初めての人とかも、挨拶《あいさつ》したいでしょうし！】
純水100％【それじゃ、私はこれで！】

純水100％さんが退室されました。

チャットルームには誰もいません。

チャットルームには誰もいません。

チャットルームには誰もいません。

・・・

暗い場所で　2

「それにしてもさ……少しは調べてたんでしょう？」

暗い店内に、ミミズの明るい声が響《ひび》き渡る。

「私達、『アンフィスバエナ』の事をさ？」

あっさりと自分達の正体を口にしながら、眼前に座らされている麻袋《あさぶくろ》の男を見つめ直した。

「ねえねえ、どうなの？　調べてたんだよね？」

「……」

「だったらさ、危ないとか思わなかった？」

「……」

麻袋の内側からは相変わらず呼吸音が漏《も》れているだけで、声らしきものは聞こえてこない。

「私達は、ヤクザ屋さんとかじゃないから、こんな風に攫《さら》われたりはしない……とか、そんな甘《あま》い事を考えちゃってた？」

「……」

「ダメだよ、ダメ、ダメダメのダーメ！　そんなんじゃ情報屋失格だよ？　最近の若い人はキレやすいんだよ？　カルシウム不足なんだよ？　犯罪とか起こしても少年法で守られて死刑《しけい》にならなかったりして14歳《さい》以下は殺し合い上等のワクワクキリングフィールドなんだよ？　まあ、私はもう二十歳《はたち》超えてるんだけどさ。心はいつでもアリを踏みつぶす小学生男子気分だよ？あ、でも安心して、私、女の子だから。小学生男子気分の女って、なんか可愛《かわい》くない？」

「……」

挑発《ちょうはつ》的な言葉を繰り返すが、やはり麻袋《あさぶくろ》から言葉は漏《も》れない。

「ねえ、聞こえてるかなあ、折原臨也《おりはらいざや》くん？」

麻袋をちょいちょいとつつきつつ、ミミズは猫《ねこ》なで声で問いかける。

「この袋、外して欲しい？」

「……」

すると、男は僅《わず》かに頭をあげ、ミミズの声が聞こえた方角に顔を向ける。

「あ、反応した反応した！　ねえねえ、だったら頷《うなず》いてみてよ」

すると、麻袋をかぶった男は、これまでにない力強さでブンブンと頷いた。

「あはっ！　やっと元気になったねえ。でもダーメ、外してあげなーい」

ミミズは愉悦《ゆえつ》に満ちた目を細め、麻袋越しに男の鼻を摘《つま》んだりしている。

「麻袋ずっと被《かぶ》るのって、思ったより怖《こわ》いもんだよね？」

「……」

「暗いし、匂《にお》いや音も麻袋越しでぼんやりしちゃうし、何も食べられないし、自分の息の生温かさが籠《こ》もっちゃうしさ。ニンニクとか食べてたら、自分の息でも匂うのかな？　ま、でも、折原臨也くんって無駄《むだ》に口臭《こうしゅう》とかに気を遣《つか》ってそうだからそれはないかな。写真とか見たけど、いっつもクールな格好してるもんね」

相手の情報を何処《どこ》まで摑《つか》んでいるのか明かさぬまま、不安だけを与え続けるかのように語り紡《つむ》ぐ女。

「でも、麻袋って本当に怖いよねー。私も自分でやってみた事あるけど、5秒が限界だったよ？　だって、化粧《けしょう》が落ちちゃうと思ったからさあ」

そんな事を言った後に、ミミズはデコピンで麻袋の額《ひたい》を小突く。

「本当にゴメンね、私達って凄《すご》く魅力《みりょく》的で可愛《かわい》いから、超調べたくなっちゃうよねー」

脈絡《みゃくらく》なく話の本筋に戻り、ミミズは芝居《しばい》がかった調子で言葉を紡ぐ。

「でもね、うちの『オーナー』はさ、こういう風に調べられるのって、凄く嫌《きら》いなの。私はもっともっと見たい所を見せてあげてもいいと思うんだけど、やっぱり『オーナー』には逆らえないからさあ。雇《やと》われの悲しい身の上って奴《やつ》？」

「……」

「またダンマリ？　また、っていうか、結局さっきから一言も喋《しゃべ》らないよねー。悲鳴でもいいから聞きたくなってきちゃうよ？」

するとミミズは、テーブルの上に置いてあった鋏《はさみ》を手にし、シャキン、シャキンと麻袋《あさぶくろ》の横で鳴らし始めた。

その音を避《さ》けるように上半身をよじらせる麻袋の男だが、ミミズもそれを追うように鋏を鳴らし続ける。

「でも、喋らないってのはいい事だよね？　私も今、ついウッカリお喋りして『オーナー』って言っちゃったから、情報屋さんにバレちゃったね。私よりも上の人がこの組織に居るって」

「……」

「そういう意味では、情報屋さん合格なのかな？　喋らないのが一番いいもんねえ」

クスクスと嗤《わら》いつつ、ミミズは再び椅子《いす》に座り——冷たく尖《とが》った声を吐《は》き出した。

「でもさ、無駄《むだ》だよ。無駄、無駄。情報屋さんがここで黙《だま》ってた所で、私達にはもう全部解《わか》っちゃってるんだからね、情報屋さんの事」

ミミズは酷薄《こくはく》な色を双眸《そうぼう》に湛《たた》え、その口元を愉楽《ゆらく》に歪《ゆが》めながら言葉を紡《つむ》ぐ。

「情報屋さんのパパとママは、貿易で外国に行ってるんだってね」

「……」

「流石《さすが》に、外国までお迎えに行くのは無理だけど……。貴方《あなた》には、可愛《かわい》い妹が二人もいるんだってね。九瑠璃《くるり》ちゃんと舞流《まいる》ちゃんだっけ？」

麻袋の男が顔を上げる。

まるで、何かを拒否するように首を振る哀《あわ》れな虜囚《りょしゅう》。

ミミズはそんな男の動きが愛《いと》おしくて仕方がないとばかりに、身体《からだ》を前のめりにさせながらじっくりと眺《なが》め——

続いて、残酷《ざんこく》な言葉を口にした。

「今、私のお友達が迎えに行ってるから、会えるのが楽しみだねえ、優しい臨也《いざや》お兄《にい》ちゃん？」

そして——時は、再び数日前に遡《さかのぼ》る。

2章　イザ兄

川越《かわごえ》街道某所《ぼうしょ》　新羅《しんら》のマンション

『全く、今日《きょう》は酷《ひど》い目にあった……』

セルティがパソコンの画面上でそう呟《つぶや》くと、彼女の同居人――岸谷新羅《きしたにしんら》の温かな声が部屋の中に響《ひび》き渡った。

「大丈夫《だいじょうぶ》かいセルティ⁉　君の悲しみは僕の悲しみだよ！『妻の言うに向こう山も動く』って言ってね、家族の中では奥さんの言葉が一番重要なんだ！　まだ結婚式《けっこんしき》は挙げてないけど、事実上僕の奥さんになるセルティが悲しみに嘆《なげ》くなら、俺《おれ》の心も九 腸《きゅうちょう》寸断の思いだよ！　だけど、セルティは……ゲホっ……つっ……」

普段よりも勢いのない調子で普段通りの言葉を吐《は》き出していた新羅だが、途中《とちゅう》で突然《とつぜん》その声が途切《とぎ》れ、それを聞いたセルティが慌《あわ》てて声の元へと駆《か》けつけた。

「ああ、ゴメンよセルティ。大丈夫、ちょっと唾《つば》が気管に入っただけだから……」

『そうか……良かった。すまない。新羅《しんら》の方がよっぽど酷《ひど》い状態なのに……』

セルティの目に映るのは、布団《ふとん》に寝たきり状態となっている新羅の姿。

先日暴漢《ぼうかん》に襲《おそ》われた新羅は、体中の骨が折れている上に、内臓にもかなりのダメージを負っていた。ネブラの研究医療施設《いりようしせつ》に一週間ほど寝泊まりしていたのだが、ようやく安定したという事で自宅療養《りようよう》する事になったのだ。

本来ならば普通の病院に入院し続けなければならない所なのだが、闇《やみ》医者である新羅のマンション自体にある程度の医療設備が備わっていた事と、普通の病院では色々と状況の説明に不都合な事があるため、結局自宅療養という形に落ち着いたのだ。

会話までなら普段のようにできるようになったが、それ以外の世話はセルティがこなしており、時々義母のエミリアが来て手伝ってくれている。

最初は尿瓶《しびん》の使い方などが解《わか》らず、影で新羅を持ち上げてトイレに運ぼうとしたり、おかゆを作ろうとした結果焼き煎餅《せんべい》のようなものができてしまったりと、新羅の苦労の耐えない状況が続いたのだが——現在ではすっかりと落ち着き、徐々《じよじよ》にいつもの生活を取り戻しつつあるセルティだった。

しかし、それで彼女の心までが落ち着いたわけではない。

『私が動けない新羅の分まで働く！』と言って、介護《かいご》と介護の合間を縫《ぬ》って運び屋に勤《いそ》しむ彼女だが、それは外に出る口実《こうじつ》に過ぎなかった。

セルティの本当の目的は、新羅を襲《おそ》った暴漢について情報を集める事であり、愛する者を傷つけられた事に対する怒りが現在の彼女の原動力となっている。

そんな彼女の心の内を見抜いてか、新羅はできるだけ自分が元気だという事をアピールしようとしているようだ。

「でも、交機の目も厳《きび》しくなってるみたいだから、出歩くのは今まで以上に気を付けた方がいいかもね」

『本当に済まない』

「セルティが謝る要素なんかどこにもないよ！　寧《むし》ろ、この身体《からだ》を動かしてセルティを抱《だ》きしめる事ができない僕こそ謝るべきだ！」

実際、最初の頃は無理矢理《むりやり》起き上がってセルティに飛びつこうとした為《ため》に、何度も自分の身体の軋《きし》む音と激痛を味わうハメになっている。セルティに『それ以上無理するなら、わ、私はもう、家を出るぞ！』と言われてからは、流石《さすが》に無理をする事は無くなったのだが。

寝たままパソコンができる特殊な台を身体の上にまたがせて仰向《あおむ》けになっている新羅は、その画面に写るセルティの『言葉』のログを見ながら、幸せそうに笑い続けた。

「でも、セルティが無事に戻って来てくれて本当に良かった。それが僕にとっては何よりの薬だよ」

『新羅……』

「ここ2～3日だって、セルティが外の話をしてくれる事が楽しくて楽しくて、本当に痛みが和《やわ》らぐんだよ。静雄《しずお》君の偽物《にせもの》が出ただの、パイロキネシスの女の子に会っただの、いつもの話から不思議な話まで、色々な外の世界をセルティが運んで来てくれるんだ。闇《やみ》医者が『病は気から』なんて言っても仕方ないけど、本当に、セルティが僕《ぼく》にとっての一番の薬なんだよ」

セルティは、そんな新羅《しんら》の言葉が、どうしようもなくありがたく、そしてどうしようもなく悲しかった。

新羅の怪我《けが》は、本来、こんな笑顔で話せる程に軽いものではない。ネブラで研究中の鎮痛剤《ちんつうざい》とやらで大分痛みは和らいでいる筈《はず》だが、それでも怪我がすぐに治るわけではない。完治するのは1ヶ月先か、3ヶ月先か、あるいは半年先か――そもそも、後遺症《こういしょう》はないのだろうか？　そんな事すら医学知識の無いセルティには解《わか》らない。

――私は、本当に、今まで何をしてきたんだ……。

どうせなら運び屋などではなく、闇医者である新羅の助手になるという道もあったのではないだろうか。そうすれば、もう少し新羅の役に立つ事ができたのではないだろうか？

様々な想いが胸の内に去来《きょらい》する。

その度に新羅の優しい言葉に救われ、新たな罪悪感に苛《さいな》まれる。

だが、新羅はセルティに責任など求めない。

しかし、セルティのそんな悩みを感じ取ってもいるのだろうか、微妙《びみょう》な話をズラしつつ、セルティに責任はない事を主張しようとする。

「バチがあたったのかもね」

『バチ？　……何を言ってるんだ。た、確かに、闇医者は法律では禁止されてる仕事だが、その報いは逮捕《たいほ》された時に刑罰《けいばつ》として受けるものであって、新羅は人を傷つけたり……いや、美《み》香《か》ちゃんの顔を整形したりとか色々悪い事はしてるが……その……と、とにかく、新羅が自首するなら私も、怖《こわ》いけど、あの白バイに自首するぞ！　刑務所《けいむしょ》でもずっと一緒《いっしょ》だ！』

「……刑務所は男女別だよ、セルティ」

『そんな!?』

あたふたするセルティに、新羅は柔和《にゅうわ》な表情を浮かべて、言葉の続きを吐《は》き出した。

「バチって言ったのは、臨也《いざや》に対しての事さ」

『臨也？』

「あいつが刺《さ》されて入院した時、電話が掛かってきたけど、ぞんざいに扱っちゃったろ？　友達が刺されたのにろくに心配もしてやらなかったんだから、そのバチが当たったのかもね」

『そんな……臨也の奴《やつ》こそ自業自得《じごうじとく》だろう！　あいつは他人の恨《うら》みが服を着て歩いてるような奴なんだし！』

微妙な喩《たと》えをするセルティに、新羅は笑いながら天井《てんじょう》を仰《あお》ぐ。

「まあ、そうだろうねえ。臨也も、自分が畳《たたみ》の上で大往生《だいおうじょう》できるとは思ってないだろうし」

『そうだろ』

「それでもね、僕《ぼく》の数少ない友達の一人だって事には違いないんだ……」

『……そもそも、あいつと友達になるって事が問題な気がするが……』

そこまで言って、そもそも目の前に寝ているのは首無しの異形《いぎょう》である自分を好きだと言うような人間だという事を思い出し、深い溜息《ためいき》を吐《は》き出すような仕草《しぐさ》で胸を上下させた。

『そもそも、臨也《いざや》の奴《やつ》とは中学の時からの知り合いだったんだろう？』

「うん」

『その頃のアイツの事は私もよく知らないんだが……。昔から、ああいう性格だったのか？』

「あー、どうだろうな。中学校の頃の臨也は、あんまり人に触《ふ》れ合わないタイプだったからね。今でも、本音をさらけ出す相手なんていないんじゃないかな」

やや真面目《まじめ》な表情になって、10年来の付き合いである友人の過去を思い浮かべる新羅《しんら》。

「多分、一番長くアイツと話してるのは私だったから……」

「僕以上に昔の臨也の事を知ってるのなんて、それこそ家族ぐらいしかいないんじゃないかな」

♂♀

池袋《いけぶくろ》　楽影《らくえい》ジム近辺

「イーザー兄《にい》っ！　死ねっ！」

朗《ほが》らかな声で叫《さけ》ばれる物騒《ぶっそう》な言葉。

そんな声が背中からかかると同時に、臨也の首筋めがけて鋭いハイキックが繰《く》り出された。

「……っ！」

紙一重《かみひとえ》でその一撃《いちげき》を避《さ》けた後、臨也は顔からいつもの笑みを消し、溜息《ためいき》と共に口を開く。

「実の家族に『死ね』と言うなんて……。悲しいな。いつから舞流《まいる》はそんな人間関係希薄《きはく》な現代社会の病巣《びょうそう》住人になったんだい？」

「ビョーキそのものみたいな人がなんか言ってるよ！　ていうか避けちゃダメじゃん！」

臨也の視線の先でそんな不満を漏《も》らしているのは、黒い空手着《からてぎ》を身に纏《まと》ったお下げ髪《がみ》の少女だった。そして、少し遅れて私服姿の少女が現れる。

「……兄《兄さん》……、丈《元気》……？」

「たった今、実の妹の手で頸椎《けいつい》を損傷しかけたけどね」

臨也の言葉に対し、メガネをかけた空手着の少女――折原《おりはら》舞流は、ムウ、と頬《ほお》を膨《ふく》らませる。

「だって、静雄《しずお》さんが、イザ兄が笑いながらダンプに突っ込んだら幽平《ゆうへい》さんを紹介《しょうかい》してくれるっていうんだもん！　なんとか偽装《ぎそう》工作できないかなって思って！」

「こりゃ驚いた。流石《さすが》にアイドル目当てに実の兄を殺すってのは前代未聞《ぜんだいみもん》だよ」

「死ぬとは限らないじゃん！　静雄《しずお》さんならダンプにはねられても死なないよ！」

「人を喋《しゃべ》るアイアンゴーレムみたいな奴《やつ》と一緒《いっしょ》にしないで欲しいな。いや、アイアンゴーレムはちょっと褒《ほ》めすぎか。とにかく、ダンプより前に車にはねられるから、道の端《はし》に寄れって」

『静雄』という単語が出た瞬間《しゅんかん》に露骨《ろこつ》に目を細めたものの、心中《しんちゅう》の嫌悪《けんお》感を隠《かく》しつつ、妹達を道の端へと誘導《ゆうどう》する。

——迂闊《うかつ》だったな。

——楽影《らくえい》ジムって事は、当然舞流《まいる》がいる事を想像すべきだった。

心中で苦笑いをする臨也《いざや》に対し、二人の妹達はジロジロとこちらを睨《ね》め付ける。

「もー、茜《あかね》ちゃんを見送りに外に出たら、いきなりイザ兄《にい》が粟楠《あわくす》会の人の車から降りてくるんだもん！　とうとう山に埋《う》められるのかなって、ドキドキワクワクショーだったんだよ⁉」

舞流の勢いある抗議に続いて、私服姿の少女——折原九瑠璃《おりはらくるり》も、目を逸《そ》らしてから呟《つぶや》いた。

「……而《しかも》……妹《私達に》……過《気付いていなかったし》……」

「お前達だって、俺《おれ》の知らない所で色々とやってるんだろう？　一体波江《なみえ》さんから幾《いく》ら貰《もら》ってるんだ？　子供のうちから大金を持つと碌《ろく》な事がないぞ」

「中学校内で野球賭博《とばく》の元締《じ》めをやって稼《かせ》いでたイザ兄には言われたくありませんよーだ！」

小学生のような物言いで舌《した》を出す舞流の陰に隠れながら、九瑠璃もおそるおそると言った調

子でチロリと舌《した》を出す。小動物を思わせる妹達の態度を見て、臨也《いざや》は再度溜息《ためいき》を吐《は》き出した。

「全く、一体誰の影響でこんな歪《ゆが》んだ成長をしたんだか。まあ、他人として見れば興味深い観察対象ではあるけれど……」

ブツブツと呟《つぶや》く臨也だったが——

次の瞬間《しゅんかん》、異常に気付く。

舞流《まいる》と九瑠璃《くるり》が、自分の後方に目を向けながら、『あ』とでも言うような表情で口を開けているではないか。

「……っ！」

培《つちか》った経験が、彼に背後を振り返らせる。

しかも、単純に振り返るだけではなく、すぐに飛び退《の》けるように重心を移動させながら。

そして、その判断は正しかった。

視覚よりも先に、空気の流れが臨也の肌《はだ》の毛を逆撫《さかな》でる。

顔面付近への回し蹴《げ》り。

計算よりも速く、本能が自分に迫《せま》る攻撃《こうげき》の正体を暴《あば》き出す。

しかも、先刻舞流が放ったものよりも数段強力なものだろう。

バネ仕掛けの人形のような勢いで上半身を反《そ》らせると——蹴りを繰《く》り出してきた人物の靴《くつ》が鼻先に掠《かす》るのを感じ取る。それだけで、顔面の半分が痺《しび》れたような感覚に襲《おそ》われるが、そこで動きを止めるわけにはいかなかった。

臨也はそのまま地面へと逃げる事を選択《せんたく》し、勢い良く横に身体《からだ》を倒れ込ませ、体操選手のように身体をアスファルトに転がらせる。

次の瞬間《しゅんかん》、転がる臨也を追うように、次々と足刀《そくとう》がアスファルトに叩《たた》き込まれ、ジャッキー・チェンのアクション映画さながらの光景が路上で繰り広げられた。

数秒後、距離を取るようにしながら起き上がった臨也の手には、小振りのナイフが握《にぎ》られている。そして、相手に警戒《けいかい》の目を向けつつも、口には笑みを浮かべて呟《つぶや》いた。

「良かった。妹達の顔を見て、一瞬《いっしゅん》シズちゃんが来たのかと思いましたよ」

「なるほど、遺言《ゆいごん》はそれでいいのか？」

臨也と少し間を置いてそう呟いたのは——黒い道着《どうぎ》を纏《まと》う、無精髭《ぶしょうひげ》を生《は》やした男だった。

そして、舞流がその男の正体とでも言うべき言葉を口にする。

「師匠《ししょう》ー。なんでここにいんの？」

「おう、離れてろお前ら。今からお前らの兄貴を蹴ったおすからな。身内がボロカスにされるのなんて見たくねえだろ」

首をコキリと鳴らしながら、黒道着の男——舞流の格闘技の師匠である写楽影次郎《しゃらくえいじろう》は、面倒《めんどう》臭《くさ》そうな表情で臨也との距離を一歩詰める。

「イザ兄《にい》なら別に……」

「……肯《うん》……」

「お前達に家族の情愛とかを期待した俺《おれ》がバカだったよ」

頰《ほお》を僅《わず》かに引きつらせる臨也《いざや》に、妹達は更《さら》に言葉を紡《つむ》ぎ出す。

「だって、イザ兄《にい》からすれば、私もクル姉も、父《とう》さんも母《かあ》さんも赤の他人も、全部同レベルの観察対象でしかないんでしょ？　全人類を平等に扱うクセに、自分は家族の情愛を求めるなんておかしいよ！」

「……哀《悲しい人》……」

「それって、こういう状況で言うような事じゃないだ……おっと！」

言いかけた所で、影次郎《えいじろう》の鋭《するど》い蹴《け》りから身を躱《かわ》す。

全力で避《さ》ける事だけに集中しているとはいえ、格闘技《かくとうぎ》の素人《しろうと》ならばまず躱す事はできない類《たぐい》の蹴りだったが、臨也は紙一重《かみひとえ》でそれを避けつつ、今度は相手との対話を試みる。

「プロの格闘家が、路上で素人を襲《おそ》うって最低なんじゃないですか、影次郎さん」

「普段からナイフ持ち歩いてる上に、今の蹴りを躱すような奴《やつ》を素人とは言わねえよ」

連続して繰《く》り出された蹴りには明らかに殺意が籠《こ》められていたが、顔だけを見るととてもそうは思えない。気《け》だるげな目に、世の中の全《すべ》てが面倒臭《めんどうくさ》いとでも言いたげな表情をした影次郎は、喋《しゃべ》る事すら面倒そうに口を開く。

「つーか、人の大事な妹に何をしたかも忘れて、よくもまあノコノコと人の道場の前の道を通れるもんだな、あ？」

「ここは天下の公道ですよ？　そもそも、俺は美影《みかげ》ちゃんを傷物にした覚えとかありませんよ」

「美影がテメエに手籠《てご》めにされたかどうかなんて問題じゃねえんだよ。テメエの口車《くちぐるま》のせいで、アイツが学校辞《や》めるハメになったっての、忘れたわけじゃあねえよな？」

平和島静雄《へいわじましずお》ほどではないが、目の前にいる写楽影次郎《しゃらくえいじろう》が『敵《てき》に回せば危険な人間』の一人である事に違いはない。

——それ以前に、ここで暴《あば》れてるのがシズちゃんに見つかったら最悪だしねえ。

臨也はこの場から遁走《とんそう》する事を画策《かくさく》しつつ、相手の隙《すき》を生《う》もうと語りかけた。

「俺に同じ思いを味わわせたいっていうなら、俺に復讐《ふくしゅう》するんじゃなくて、俺の妹に復讐すればいいじゃないですか？　そこに居る二人を口車に乗せて、それこそいいようにしちゃえばいいですよ。そうすれば、俺はショックで腹がよじれる思いになるかもしれない」

クスクスと嗤《わら》いながら、とんでもない事を呟《つぶや》く臨也。

「酷《ひど》いよイザ兄！　妹を売るなんて！　しかも腹がよじれるって、笑ってんじゃんそれ！」

「……奸《最低》……」

「アイドル会いたさに『死ね』とか言っておいて、よく人の事が言えたもんだよ、全く」

妹達の抗議に苦笑する臨也だが、影次郎の方は欠片《かけら》も笑わず、気《け》だるげな目を更《さら》に細めてこちらを睨《にら》み付ける。

「テメエみてえなゲスの身内だろうと、大事な弟子《でし》に手を出すわけねえだろうが」

「師匠《ししょう》……」

「あと5歳《さい》ぐらい育って、身体《からだ》がもっと熟《う》れたりしてんならともかくだ！」

「さっすが師匠！　3秒で評価が最高から最低になったよ!?」

舞流《まいる》の応援（?）を黙殺《もくさつ》し、更《さら》なる連撃《れんげき》を加えるべく、楽影流《らくえいりゅう》独自の奇妙《きみょう》な構えに身体を移行しようとしたのだが――

その後頭部に、乱入した第三者の回し蹴《げ》りが叩《たた》き込まれた。

「ゴフっ!?」

手加減されていたのか、昏倒《こんとう》する事なく、前に倒れるだけで済んだ影次郎《えいじろう》は、自分を蹴り倒した者の正体に気付き、驚き混じりに抗議の声を上げる。

「み、美影《みかげ》！　何すんだよ!?　お前、まさかまだこいつに未練が！」

彼の前に立っていたのは、ザンギリ髪《がみ》のボーイッシュな女だった。

醒《さ》めた表情の中に、緩《ゆる》やかな怒りを滾《たぎ》らせた、美影と呼ばれた女は兄である影次郎に呟《つぶや》いた。

「天下の往来で、私が手籠《てご》めにされただのされないだのと大声で……兄貴は一回死なないと礼節《せつ》とかデリカシーとか身につかないタイプの人間なのかい？」

「ちょっと待て、ウェイト！　いい俺《おれ》は死んだ俺だけだという説もあるが、果たしてそれは真実かな!?　デマに踊《おど》らされる前に情報ソースの確認を要求する！」

「黙《だま》れバカ兄貴。あまつさえ路上で堂々と喧嘩《けんか》とは、うちの看板《かんばん》にまで泥《どろ》を塗る気かよ？」

「お前が今、路上で俺を、しかも不意打《ふいう》ちという形で蹴っ飛ばしたのは泥じゃないの⁉」

立ち上がりながら抗議の声をあげるが、美影はあっさりとそれを否定する。

「格闘家《かくとうか》は行住坐臥《ぎょうじゅうざが》戦闘態勢であるべきだろ？　不意打ちで文句を言うな」

「お前、行住坐臥っつったら何をしても許されると思うなよ⁉　次はなんだ、狙撃銃《そげきじゅう》で遠くから撃《う》ち殺して『これは試合じゃなくて実戦だぜ？　銃ぐらいアリだろ』とでも言うつもりか⁉　最終的にはトラウゴットの旦那《だんな》が寝込んだ所で家に火を点《つ》けた小学生が格闘チャンピオンを名乗れるってわけだ！　凄《すご》いな行住坐臥！　っていうか話がズレてねえか？」

「あの人は火事の中から平気で生還《せいかん》しそうだし、狙撃とか避《よ》けそうだけどな。ていうか、その詭弁《きべん》は今不意打ちを食らった理由にはならないし、そもそも私を言葉で辱《はずかし》めた言い訳にはならないと思うんだけど？」

背後に『ゴゴゴ』という書き文字でも浮かび上がりそうな空気を漂《ただよ》わせながら、彼女は実の兄を睨《にら》み付ける。

「待て美影！　一つだけ、確認しておきたい事がある」

「……なんだよ」

真剣な表情の兄に、美影は近寄ろうとしていた足を止め、相手の話に耳を傾《かたむ》けた。

「お前……マジで男の経験はゼロか？」

「……」

「キスの経験ぐらいは？」

「……」

「「……」」

美影《みかげ》は沈黙《ちんもく》し、舞流《まいる》や九瑠璃《くるり》はドキドキしながら彼女の答えを待ち続ける。

だが——次に美影の口から漏《も》れ出たのは、質問の答えとは全く関係の無い二文字だった。

「死ね」

「お前、実の兄貴に死ねとか言……ウアオっ⁉」

影次郎《えいじろう》の喉仏《のどぼとけ》めがけて突き出された拳《こぶし》を払《はら》い流す影次郎だが、美影の四肢《しし》からは、次から次へと急所狙《ねら》いの連撃《れんげき》が繰《く》り出される。

「ちょっ、ま、なにこれ、連撃が途切《とぎ》れないっつーか、お、ちょ、これ何？　新技っ⁉　なんとか乱舞とか何とか流 煉獄《りゅうれんごく》とかそういう類《たぐい》の技⁉　っ！　っ！　っ！　っ！」

止《と》まる事のない連打を見せる美影と、喋《しゃべ》りながらもそれを的確にガードし続ける影次郎。

そんな演舞のような兄妹喧嘩《げんか》に見とれていた九瑠璃と舞流は、自分達の兄の存在を思い出し、周囲を見渡したが——

既《すで》に臨也《いざや》の姿はどこにもなく、騒《さわ》ぎを遠巻きに見つめる野次馬《やじうま》の姿があるだけだった。

♂♀

川越街道某所《かわごえかいどうぼうしょ》　新羅《しんら》のマンション

「……というわけで、臨也の二人の妹はそういう性格なわけ。臨也も『手に余る』って思ってるんじゃないかな」

『なんていうか、凄《すご》くフィクションじみた双子《ふたご》だな……』

新羅から臨也の妹達の話を詳《くわ》しく聞いたセルティは、半信半疑で文字を綴《つづ》る。

「九瑠璃ちゃんと舞流ちゃんが今みたいな感じになったのは、僕《ぼく》らが来神《らいじん》高校に通ってた頃だったからなあ。まだ小学校低学年ぐらいの時だったよ」

『へえ』

「流石《さすが》に、臨也の奴《やつ》も、妹達がああなったのは自分の影響があるって解《わか》ってるみたいだ」

過去を懐《なつ》かしむように語る新羅。彼の頭の横には、正座をして話を聞くセルティの膝頭《ひざがしら》と太股《ふともも》が見える。肉体に１００％フィットした影製ライダースーツによる肉感的なシルエット。そんなセルティの足にそわそわしながら、新羅は更《さら》に言葉を紡《つむ》ぐ。

「臨也の奴さ、まだ小学校にあがるかあがらないかっていう頃の双子の妹に、なんて言ったと思う？　『九瑠璃《くるり》と舞流《まいる》はなにからなにまで同じだな。同じ事ばかりする人生に意味なんてあるの？』っていう内容の事を、五歳児《さいじ》にも分かり易《やす》く、じっくりと言い聞かせたんだ」

『全国の双子《ふたご》の人に縊《くび》り殺されても文句言えないような真似《まね》をしてるなアイツは……』

「いやいや、双子に対する偏見《へんけん》はなかったと思うよ？　多分、妹達がしょんぼりしたり、喧嘩《けんか》をしたりする姿を見てみたかったんじゃないかな。悪意とかじゃなく、純粋に『見たい』ってだけの気持ちで」

『フォローしてるつもりなのかもしれないが、ますます最低だとしか……』

ＰＤＡからネットワークを通じて、新羅《しんら》が寝たまま見ているパソコンにセルティの言葉がリアルタイムで浮かび上がる。

一回ごとにセルティがＰＤＡを見せるという作業が省かれる為《ため》、テンポよく会話を紡《つむ》ぐ二人。

「だけどね、臨也《いざや》にとって誤算だったのは、その二人が、予想よりも異常だったって事さ」

『異常？』

「サイコロでお互いの『特徴』を振り分けて、長所だけを組み合わせた人間になろうとしたんだ。人間は足りない所を補い合えるって信じてね。実際、それを10年近くも実践し続けているんだから大したもんだよ」

『けなげと……言っていいのかなそれは』

腕《うで》を組んで考え込むセルティ。

新羅は暫《しば》し天井《てんじょう》を眺《なが》めた後、自分の推測を口にする。

「もしかしたら……最初は、臨也に好かれようとしてたのかもしれないね」

『えっ？』

「家族にがっかりされるっていうのは、怒られたりするよりもショックなんだって。父《とう》さんがよく言ってたよ。僕《ぼく》や、離婚《りこん》した母《かあ》さんに失望されるのは、何度経験しても辛《つら》かったって」

新羅の父親──白いガスマスクを付けた怪人の事を思い出し、セルティは微妙《びみょう》な指使いで文字を打ちこんだ。

『……まあ、あいつのがっかり親父《おやじ》っぷりは相当なものだからな』

「ま、小学生の女の子が、歳《とし》の離れた兄貴に『双子の意味なんてあるの？』なんて言い方されたら、何とかして好かれようとするんじゃないかな」

『それで、兄貴に好かれる為に完全な人間になろうとしたっていうのか？』

セルティの推測に首だけで軽く頷《うなず》いた後、新羅は苦笑を浮かべて見せる。

「いつの間にか目的と手段が入れ替わった感じだけどね。完璧《かんぺき》な人間にこだわるあまり、二人の心はもう臨也から離れてるよ。その証拠《しょうこ》に、完璧超人なんて渾名《あだな》されてる羽島幽平《はねじまゆうへい》に惹《ひ》かれてるわけだしね。でも、正直、あの二人を臨也の掌《てのひら》の上に置いておくのは勿体《もったい》ないよ」

『むう、私はその双子の事を詳《くわ》しく知っているわけじゃないが、新羅がそう言うのならそうなんだろう。というか、臨也の掌が似合う人間なんて居てたまるか』

「どうかな？　僕《ぼく》らもとっくに掌《てのひら》の上かもよ？」

『その時は、爪《つめ》の間に思い切り鎌《かま》を突き立ててやるさ』

痛そうな言葉を綴《つづ》るセルティに、新羅《しんら》は笑いながら答えた。

「セルティは過激だなあ」

だが、返ってきた言葉は、新羅にとって予想外のものだった。

『新羅だけでも、絶対にあいつの掌から逃がしてやる。だから安心しろ』

一瞬《いっしゅん》、言葉の意味が解《わか》らずに、ポカンと口を開けた新羅だが——

その意味を理解し、数度噛《か》みしめた時点で、彼の理性は崩壊《ほうかい》した。

「セルティーっ！　僕だけでもなんて寂《さび》しい事いわなグギェっ」

——新羅⁉

突然《とつぜん》飛び起きようとして悲鳴をあげる新羅に、セルティは文字を打つ余裕《よゆう》すらなく、慌《あわ》てて
その身体《からだ》を抱きかかえた。

「痛っ……ッ……君のいない世界なんウギっ……『伯牙《はくが》、琴《こと》を破る』と言うに相応《ふさわ》し……グっ
……絶望……」

『いいから動くな！　悪かった！　言いたい事はなんとなく解った！　冗談《じようだん》だ！　逃げる時も一緒《いつしよ》だ！　絶対一緒だから！　心配するな！』

慌てて文字を打ち込んだPDAを新羅の眼前に突きつけ、それと同時に影で新羅の全身を布《ふ》団《とん》に優しく縛《しば》り付ける。

「ごめんよセルティ、落ち着いた、落ち着いたから……」

ドタバタとした雰囲気《ふんいき》だけを見れば微笑《ほほえ》ましいと言えるかもしれないが、新羅の苦痛に満ちた呻《うめ》きがセルティの耳に残り、なんとも言えぬ気分にさせられる。

『とにかく、家事は私に任せて安静にしてろ。粟楠《あわくす》会の人達にはちゃんと話は通してあるから、それ関係の急患《きゆうかん》が来る事もないだろうし』

「セルティも、無理しちゃダメだよ」

『私は大丈夫《だいじようぶ》だ、長く家を空《あ》けるような仕事は断る事にしているしな』

そんな会話を続けていた所で、セルティのPDAに、メッセンジャーの呼び出し音が鳴り響《ひび》いた。

メッセンジャーは最近始めたばかりであり、そこに直接連絡《れんらく》を取ってくる者は限られている。

セルティの中に猛烈《もうれつ》に嫌《いや》な予感が湧《わ》き上がる。

『噂《うわさ》をすれば影』という諺《ことわざ》が頭の中に閃《ひらめ》き、新羅の思考回路《しこうかいろ》が伝染したのだろうかなどと考えながら画面を見ると——その嫌な予感と諺の閃きは、同時に的中《てきちゆう》する結果となった。

【折原臨也《おりはらいざや》】と書かれた名前を見ながら、セルティは渋々《しぶしぶ》メッセンジャーの通信に返答する。

セルティ@モンハン・太刀《たち》主体【なんの用だ?】

折原臨也【……ゲーム中なのかい?】

そこでセルティは、自分の名前が半月前に設定したオンラインゲーム仲間向けの表示になっている事に気付き、慌《あわ》てて文字列を修正する。

セルティ@【違うんだ、新羅《しんら》が調合ガンナーで、私は太刀で尻尾《しっぽ》を切る係なんだ】

折原臨也【何を言ってるのか、良く解《わか》らないんだけど】

相手の文字を見て、自分が本当に混乱している事に気付き、あわあわとしつつ姿勢を整え、人間が深呼吸をする程度の間をおいてから改めて文字を打つ。

セルティ@リアル仕事中【すまない。なんの用だ?】

折原臨也【名前欄《らん》の使い方が妙《みょう》にこなれてるね。それはそうと、仕事を依頼したいんだけど】

セルティ@リアル仕事中【断る】
折原臨也【そうつれない事を言わないで欲しいな】
セルティ@臨時休業【お前の胡散臭《うさんくさ》い仕事を受けている暇《ひま》はないんだ。悪いな】
折原臨也【おやおや】
折原臨也【もしかして、新羅の看病《かんびょう》に忙しいのかい?】

そのレスを見て、セルティは暫《しば》し固まった。
——……。
——臨也の奴《やつ》、なんで新羅のケガを知ってる?
——いや、確かにあいつは情報屋だが……新羅が教えたのかな?
暫《しば》くレスをせずに考え込んでいると、更《さら》に相手から反応があった。

折原臨也【レスが遅れてる所を見ると、もしかしてこう考えてるのかな?】
折原臨也【「こいつ、なんで新羅がケガした事を知ってるんだ?」ってね】
セルティ@臨時休業【どういう事だ。まさかお前が絡《から》んでるのか?】
セルティ@臨時休業【もしそ】
セルティ@臨時休業【もしそうなら、影でその口と目を全部縫《ぬ》い合わせて静雄《しずお》の前に放り出す】

折原臨也《おりはらいざや》【焦《あせ》るなって。文字ぐらい冷静に打ちなよ。ちなみに、俺《おれ》じゃないよ。流石《さすが》に数少ない友達に怪我《けが》をさせたり殺そうとしたりする程《ほど》バカじゃないさ】
折原臨也【でも、俺は情報屋だからね、どういう経緯で『君達』が狙《ねら》われたのか、その情報ならもうある程度摑《つか》んでるし、少しばかり取引する事ができるよ】
セルティ@臨時休業【本当か？】
折原臨也【もちろん、引き替えに仕事はしてもらうけどね】
セルティ@臨時休業【お前の友達を怪我させた奴《やつ》の情報を、仕事の報酬《ほうしゅう》代わりにする気か!?】
折原臨也【こっちも、ちょっと危険な橋を渡ってる所でね。そこまで善人じゃいられないさ】
折原臨也【で、どうする？　話だけでも聞く気はあるかい？】
セルティ@臨時休業【場所と時間は？】

「どうしたの、セルティ？」

ＰＤＡを持ったまま固まっているセルティに、新羅《しんら》が不安げに声をかけた。

「どうせ臨也だろ？　また何か無茶な依頼でもしてきたのかい？」

『いや、確かに臨也からだが、大した依頼じゃなさそうだ。ちょっと行ってくる』

「セルティ……？」

慌《あわ》てて出発しようとするセルティに、新羅が訝《いぶか》しげに声をかける。

「あのさ、臨也に何か言われたのかい？」

『何って……だから、仕事の依頼だよ』

「ちょっと、ＰＤＡ見せて？」

『今、見せてるじゃないか』

不思議な事を言うなとばかりに肩《かた》を竦《すく》めるセルティに、新羅は真剣な調子で呟《つぶや》いた。

「いや、だから、今のメッセンジャーの履歴を見せてくれないかな」

『プライバシーの侵害だぞ？　なんだ？　私が臨也の奴《やつ》と浮気してるとか疑ってるのか？』

「……セルティ、僕《ぼく》は、セルティが嘘《うそ》をつく時の仕草《しぐさ》ぐらい解《わか》ってるよ？」

淡々《たんたん》と――あくまで淡々とした口調《くちょう》で告げてくるが、その言葉の奥には、強い信念と悲しみのようなものが感じられた。

『……その……。解ったよ』

隠《かく》し通して家を出る事もできたのだが、セルティには、今の新羅の声を背に受けながら家を飛び出す事などできなかった。

観念した彼女は、ＰＤＡの画面を切り替え、メッセンジャーの履歴《りれき》を新羅に見せる。

「……やっぱりね。そんな事だろうと思ったよ」

『すまない。お前に止められると思って……』

「そりゃ止めるけど……止めたら、セルティは『ゴメン』って言いながら飛び出すよね？」

『……すまない』

何もかも見透《みす》かされている事に気付き、シュンと身体《からだ》を縮こまらせるセルティ。

だが、新羅《しんら》は、そんなセルティを温かい表情で見つめ、フワリと笑う。

「ま、俺《おれ》も、あいつの悪巧《わるだく》みに巻き込まれるのは慣れてるからね。中学の時から」

『え？』

「僕《ぼく》も、自分が襲《おそ》われた理由は知りたいけど……セルティに負担《ふたん》をかける事が嫌《いや》なんだ。だから止めようと思ったけど、止めても無駄《むだ》なら、僕は開き直る事にするよ」

本当に開き直ったような顔になると、新羅は包帯《ほうたい》だらけの身体をゆっくりと起こし、痛みに耐えながらセルティの首筋をそっと撫《な》でた。

「一緒《いっしょ》に、うちに押し入った奴《やつ》に思い知らせてやろうよ。僕はここから動けないけど、色々と考える事ぐらいならできるからさ」

『でも、本当に臨也《いざや》の悪巧みかも……』

「さっき言ったろ、臨也の奴《やつ》の掌《てのひら》に飛び込むなら、その時は俺も一緒《いっしょ》だよ、セルティ」

『新羅……』

惚気《のろけ》た空気が二人の間に満ちる。新羅としてはいつまでもその空気に浸《ひた》っていたかったが、ケジメをつける為《ため》に一つだけ条件を口にした。

「約束だよセルティ。もしも犯人の情報が分かっても、一人で乗り込んだりしちゃダメだからね。絶対に、一回うちに戻る事。たとえ、臨也が『彼が犯人だよ』って隣《となり》に連れてきてもだよ」

『……もしも、約束を破ったらどうなる？　私の事を嫌《きら》いになるか？』

約束を破る気など無かったが、念のために尋《たず》ねるセルティ。

すると新羅は、緩《ゆる》やかな動作で首を左右に振り、爽《さわ》やかに答える。

「僕がセルティを嫌いになれるわけないだろ？」

『じゃあ、どうするんだ』

「もしもセルティが約束を破ったら……」

『破ったら……？』

少しの間《ま》を開け、新羅はセルティへのペナルティを口にする。

「泣く、ね……」

『は？』

「泣き……喚《わめ》くね……僕が」

『お前がなのか!?』

思わずツッコミを入れるセルティに、新羅は真剣な顔で言う。

「ああ、セルティに裏切られたら泣き喚くよ俺は！　二十代半《なか》ばの男が！　下の階に住んでる相模原《さがみはら》さんが心配して見に来るぐらいの大声で！　そんな大人《おとな》の姿が見たいのかい！」

『いや、そりゃ確かに、あまり見たくはないが……』

どう反応していいのか解《わか》らずに上半身を傾《かし》げるセルティだったが、新羅《しんら》の次の言葉が、セルティの背筋を凍《こお》らせた。

「あと、セルティのオンラインゲームの旅団仲間に愚痴《ぐち》って、旅団の空気を悪くするよ？」

『解った、約束は守るから安心してくれ』

即答《そくとう》したセルティは、キビキビとした動きで準備を終えると、そのまま部屋を飛び出した。

新羅が最後に言った『ペナルティ』が本当にきついなと思う一方で——彼が自分の好き嫌《きら》いをキチンと理解してくれているという事に、少しだけ嬉《うれ》しさを感じながら。

チャットルーム

狂【暫《しばら》く待ってみましたが、やはり甘楽《かんら》さんはお越しになられぬようですね】
参【こないですね】
狂【全く、話したくもない時には現れて場を掻《か》き乱していくというのに、こちらから用がある時には全く顔を出さないのですから、本当に困ったものです。ネットの利便性は遠く離れた者との交流にあるというのに、甘楽さんは物理的な距離だけではなく心の距離まで私達から離れてしまったというのでしょうか？　嘆《なげ》かわしい事です】
参【なげかわしいですね】
狂【こうなれば、ここに普段から溜《た》まっている世界への不満を書き綴《つづ》り、せめてもの慰《なぐさ》みとするしかありませんね。ああ、コンビニエンスストアにカシューナッツとアーモンドは売っているのに、クルミ単品が中々置いていないのは何故《なぜ》なのでしょう……？　ミックスナッツという商品にはカシュー、アーモンド、クルミと三種類そろい踏《ぶ》みだというのに！】
参【どうでもいいですね】
参【ふわあ】
参【狂さんのエッチ】

狂【あらあら、ふくらはぎを軽く抓《つね》っただけで人を淫乱《いんらん》呼ばわりとは、随分《ずいぶん》といけない子なのですね。だとしたら、別の場所を抓ったら一体私はどんな妖婦《ようふ》となるのでしょう！　ここは一つ実験せねばなりませんね】
参【やめてーやめてー】

しゃろさんが入室されました。

しゃろ【おいこらそこの淫乱小娘《こむすめ》ども】
しゃろ【ネット上でセクハラしてんじゃないよ全く】
参【こんにちは】
狂【あらあら、やっと人が来たと思ったら、期待外れの人がいらっしゃいましたね】
しゃろ【そりゃ御期待に沿《そ》えずにすいませんでございましたでござんすね】
しゃろ【けっ！　ぺっ！】
狂【チャットで唾《つば》を吐《は》き捨てるとは、随分とマナー知らずと言うべきか、それとも丁寧《ていねい》に感情を伝えるチャット職人と言うべきか……どちらにせよ、私自身が不快になったという事実は免《まぬが》れえぬ事実なのですけれどもね】
参【唾はきたないです】

内緒モード　しゃろ【ところでよ、マイルにクルリ】
内緒モード　狂【あらあら、どうなさいましたのかしら、写楽影次郎《しゃらくえいじろう》さん】
内緒モード　参【ししょー、どうしたんですか？】
内緒モード　しゃろ【お前ら、本当にチャットだと性格逆転するな……】
内緒モード　しゃろ【それはともかく、結局、あの後ってお前らの兄貴は雲隠《がく》れしたままか？】
内緒モード　参【はい】
内緒モード　狂【雲隠れもなにも、今日《きょう》、顔を合わせたのも久しぶりなぐらいですのよ】
内緒モード　しゃろ【そうか。いや、あの野郎《やろう》、新宿《しんじゅく》に消えてたと思ってたのによ……】
内緒モード　しゃろ【なんで今日《きょう》は、池袋《いけぶくろ》に居やがったんだ？】
内緒モード　狂【さあ？　家族といえども常に観察するものではありませんので……】
内緒モード　参【あわくすかいと、なにかしてるっぽいです】
内緒モード　しゃろ【そうか……】
内緒モード　しゃろ【あいつが池袋でなんか企《たくら》んでるって解《わか》ったら教えてくれ】
内緒モード　狂【まあ良いでしょう。私達も、妹として心を痛めているのです】
内緒モード　狂【あのように、奔放《ほんぽう》な兄が町に解き放たれているのだと思うと……】
内緒モード　狂【それにしても、美影《みかげ》さんと御兄様《おにい》との関係についてですが……】

内緒モード　しゃろ【話さねえぞ。つーか、ここでするような話じゃねえやな】
内緒モード　しゃろ【俺《おれ》から言う話でもないしな……明日《あした》の稽古《けいこ》の時、直接聞けよ】
内緒モード　しゃろ【つーか、九瑠璃《くるり》ちゃんもたまには身体《からだ》動かせよ】
内緒モード　しゃろ【舞流《まいる》よりもスタイルいいから、こっちも目の保養になるってもんだ】
内緒モード　狂【あらあら、女子高生相手にネットでセクハラ発言とは】
内緒モード　参【がっかりです】
内緒モード　参【うちのししょうにはがっかりです】
内緒モード　しゃろ【ネットぐらいもっとオープンになろうぜ？】

狂【なんという事でしょう。しゃろさんに内緒《ないしょ》モードでセクハラされました。耐え難い屈辱《くつじょく》に、私の脳味噌《みそ》は熱膨張《ぼうちょう》を起こして頭蓋骨《ずがいこつ》を破壊する寸前となっています。ああ、呪《のろ》わしきはしゃろ殿《どの》の言葉……彼の言葉はかぎ爪《づめ》となって、ネットという仮想社会にて安眠《あんみん》している私の服を引き裂《さ》こうとしたのです！】
参【ひどすぎですね】
参【うったえてやる】
参【いもうとさんに】
しゃろ【ストーップ！　解《わか》った、俺が悪かった！　悪かったです！　ちょっと巫山戯《ふざけ》ただけだ

ってのに、全く恐ろしい。ネタをネタと見破れる人にしかセクハラチャットはできねえって寸法ですか。ああ嫌《いや》だ嫌だ】
しゃろ【まったく、良いコンビだよお前ら】
参【コンビじゃないです】
狂【私達は二人で一人のようなものですからね。コンビと言ってしまってはコンビの方々に失礼ですわ。コンビの人はここにはいないですけれど、謝罪をして下さい】
しゃろ【なんでそんな真似《まね》を⁉　まあ、誰もいないならいくらでも謝ってやらぁ】

罪歌《さいか》さんが入室されました。

罪歌【こんばんは】
しゃろ【ひいっ⁉　罪歌さんが来た⁉】
罪歌【え】
罪歌【すいません　なにか　ごめいわくを　かけましたか】
狂【いえいえ、お気になさる事は御座《ござ》いませんわ。過去ログを見れば解る通り、勝手にしゃろさんが自爆《じばく》しただけですから】
狂【ところで、罪歌さん、一つお尋《たず》ねしたいことが】

罪歌《さいか》【なんでしょう】
狂【セットンさんをここ10日ほど見かけないのですが、何か御存知《ごぞんじ》ありませんか?】
罪歌【いえ】
罪歌【くわしくはわかりません】
罪歌【いそがしいんだと　おもいます】
狂【そうですか、いえ、最近、古参《こさん》メンバーの方を殆《ほとん》ど見かけないもので】
罪歌【そういえば　たなかたろうさんは　おげんきなんでしょうか】
参【みかけません】
狂【そういえば、彼も全く見かけませんね。地味な名前なのですっかり忘れてしまっておりました! しかし、これではまるでチャットルームの世代交代が行われているかのようですね。せっかく、更《さら》ににぎやかにしようと新しいメンバーをみんなで連れてきたというのに】
狂【これではまるで、後継者《こうけいしゃ》にチャットを押しつけただけみたいに見えてしまいますね】
参【盛り上げていきましょう】
参【眠《ねむ》いですけど】
狂【あらあら、もうこんな時間ですか? 仕方ありませんわね】
狂【続きは明日《あした》にすると致しましょう。寝不足と薬物はお肌《はだ》の大敵《たいてき》ですし】
狂【そういえば、最近都内で薬をばらまいている連中がいるとか……】

罪歌【くすりやさんですか？】

しゃろ【富山《とやま》の薬売りじゃないんだからw】

狂【……まあ、それはオイオイ説明しましょう、もしも皆さんの中に、セットンさんや田中太《たなかた》郎《ろう》さんのリア友がいらっしゃるのでしたら、是非《ぜひ》チャットに顔を出されるように説得しておいて下さいませ！】

狂【やはり、チャットは大勢で繋《つな》がる方が楽しいですからね！】

・・・

暗い場所で　3

「ねえ、写楽美影《しゃらくみかげ》ってさ、情報屋さんとどういう関係なのかな？」

「……」

先刻までと同じ体勢で向かい合う、麻袋《あさぶくろ》を被《かぶ》せられた男と、ミミズと名乗る若い女。

女の手には携帯電話が握《にぎ》られ、画面で何かの情報を確認しているようだ。

一方、麻袋の男にも奇妙《きみよう》な変化があった。

麻袋が全《すべ》て水に湿《しめ》らされており、呼吸に合わせて麻袋が膨張《ぼうちょう》と縮小を繰り返している。

「どういう関係かな、って聞いてるのに、つれないなあ」

ミミズはそう言って笑い、テーブルの上に置いてあったミネラルウォーターのペットボトルを手に取った。

「もしかして、喉《のど》が渇《かわ》いて喋《しゃべ》れない？」

クスクスと乱雑な吐息《といき》を漏《も》らしつつ、そのペットボトルを麻袋の頭上に差し出し、何の躊躇《ためら》いもなく傾ける。

プラスチック容器から水が溢《あふ》れ出し、小さな滝《たき》となって男の麻袋《あさぶくろ》に打ち付けられた。元から濡《ぬ》れていた麻袋の上を滑《すべ》るように水が流れるが、光の少ない室内では流れが煌《きら》めく事もなく、床《ゆか》へと滴《したた》る音だけが小さく響《ひび》き渡った。

女はそのまま立ち上がり、麻袋に顔を近づけ、流れ続ける水をベロリと舐《な》める。舌《した》先を麻袋の頬《ほお》の辺りに押しつけ、水や麻袋の下にある肉の柔《やわ》らかさを感じ取った。

「汚《きたな》いよ、ミミズさん」

背後にいる女達の一人が笑いながら声をかける。

だが、ミミズはケラリとした笑みを返し、自らの舌を指で撫《な》でた後に言葉を返した。

「今さら汚《よご》れる事なんか気にしないっての。ねえ、今、大事な大事な水を溢《こぼ》しちゃったから、買って来てくれない？」

「何本くらい？」

妙《みょう》な事を尋《たず》ねる部下の女に、ミミズは敢《あ》えて麻袋の男の耳に口元を近づけ、囁くような大声で呟いた。

「そうだねえ……2リットルのペットボトル、3ダースぐらいでいいよ？」

総計72リットル。

それだけの水を何に使うつもりなのかは、今しがたの行動で麻袋の男も理解した筈《はず》だろう。

ミミズはそう思いつつも、確認の為《ため》に敢えて男に問いかける。

「さて問題です。水を買ってこさせたら、何に使うんでしょう？」

「……」

「ブブー、時間切れでーす」

ミミズは両手の人差し指で×印を造り出し、一秒と待たずに不正解のレッテルを貼《は》りつけた。

彼女はその交差させた指を男の顔に近づけ、麻袋越しに鼻を摘《つま》んで左右に軽く捻《ひね》り出す。

「ウリウリ、正解は『ずーっと貴方《あなた》の頭に掛け続ける』でしたあ」

朗《ほが》らかな声質とは裏腹に、淡々《たんたん》とネタ晴らしをするミミズ。

だが、不意に目を細め、声の中から感情を消し去り——言葉を紡《つむ》ぐ。

「不正解の罰《ばつ》ゲームとして、貴方《あなた》の妹達が着いたら、水を飲んで貰《もら》うね？」

「……」

「ああ、安心してね？　テレビでよくやってる、苦いジュースとかじゃないよ？　私、そんなに意地悪じゃないからさ、あんなに大変そうなもの、飲ませたりなんかしないよ？」

慌《あわ》てて手を振った後、嬉《うれ》しそうに顔を歪《ゆが》ませ、話を続けるミミズ。

「美味《おい》しいミネラルウォーターを、ほんの10リットルずつぐらい飲んで貰うだけだよ」

「……」

それまで無反応だった麻袋《あさぶくろ》の男が、ゆっくりと顔を持ち上げる。

「ああ、溺《おぼ》れさせる、とかそういうつまんない事じゃないから安心してね？　……情報屋さんなら知ってるかなあ？　水にも致死量があるってこと」

「……」

「でも、私、理系じゃないから、どのぐらい飲んだら死んじゃうのか解《わか》らないや。アハハ。10リットルって、どうかな？　どうなのかなあ？」

ワクワクしながら水と妹達の到着を待つミミズは、さらに麻袋の男に語り続ける。

「あれあれあれ？　……まだ、そんなに焦《あせ》ってない感じ？」

「……」

「酷《ひど》いなあ、傷つくなあ。こっちは本気なのに、伝わらないなんてさぁ」

椅子《いす》を逆さまに置き、馬乗りの形で座りながら前後に揺らすミミズ。

「あ、そっか。ねえねえ、もしかして、自分の妹が簡単に捕まる筈《はず》がない……とか思ってる？」

「……。……」

一瞬《いっしゅん》、ピクリと男の頭が動いたのを見て、女は更《さら》に口元を緩《ゆる》ませた。

「双子《ふたご》の妹ちゃんの方、楽影《らくえい》ジムの女子部エースなんだってねぇ。お姉《ねえ》ちゃんの方も、スタンガンとかスプレーとか、色んなオモチャを持ってるんだってねぇ。……普通の男の子とか数人だけじゃ、もしかして、って事があるかもしれないよねぇ」

「……」

「だからさ、いくつか手順を踏む事にしたの。まずは、九瑠璃《くるり》ちゃんが一人になってる所を人質《ひとじち》にとる、っていうのはどうかな。情報屋さんの妹達、見てて気持ち悪くなるぐらいに、とってもとっても仲がいいんだよねぇ？」

ミミズは空《から》になったペットボトルを親指と薬指で摘《つま》み上げ、ポコポコと麻袋の額《ひたい》部分に揺らし当てる。軽快なリズムに合わせて、彼女の舌《した》は更に回る。

「なんで知ってるのか、って思ってる？」

「……」

「物知りで通ってる情報屋さんが、自分だけだと思った？」

もはや答えが沈黙《ちんもく》のみという事を理解しているのだろう。

相手の答えを待つ事なく、ミミズは自分の言葉を紡《つむ》ぎ続ける。

「他《ほか》にもね、貴方《あなた》みたいな人っているんだよ……？　でも、知らないよね。目立っちゃってる貴方と違って、名前も顔も割れてない、凄腕《すごうで》の情報屋さんだからさぁ。さっきも言ったけど、折原臨也《おりはらいざや》さんって、本当に情報屋の素人《しろうと》さんだよね？　セミプロなの？　ヤダ、面白い！」

「……」

何も面白《おもしろ》くないとばかりに、麻袋の男の頭が左右に軽く揺らめいた。

だが、ミミズはそんな相手の反応を無視し、ペットボトルを男の額に押しつける。

「……その情報屋さん……あ、えぇと。混乱しちゃうから、情報屋さんBって言うね？　貴方《あなた》は情報屋Aさんね？　えっとお、そのBさんから、Aさんの情報をたくさんたくさん買い取ったの！　面白《おもしろ》いぐらい色々と聞けたよ？」

椅子《いす》から再び立ち上がる。

女は椅子に座らされた男の背後に回り込み、その背からそっと男の肩《かた》に手を乗せた。

そして、男の背に胸を押しつけるようにして寄りかかり、窒息《ちっそく》しない程度に縛《しば》られた麻袋《あさぶくろ》と肌《はだ》の境目となる首筋に声を飛ばす。

「ねえ、貴方も、情報屋なんでしょう？　だったら、知ってる事って何かあるんじゃない？」

「……」

背後からの吐息《といき》に、僅《わず》かに身をよじらせる麻袋の男。

そんな反応を楽しみながら、ミミズは自らの吐息を男の首筋に滑《すべ》らせた。

「人の見られたくない所やイケナイ所をお金に換えようなんて仕事してるクセに、こうなるかもしれないって覚悟《かくご》をしてなかった……って事はないよね？」

「……」

「まあ、もちろん覚悟してれば何をしてもいいって訳じゃないんだけどさ」

皮肉混じりの言葉を呟《つぶや》いた後、ミミズは口を男の耳元に向け、新たな『問い』を切り出した。

「……『ヘヴンスレイブ』って連中の事、何か知ってる？」

「……ッ！」

男の背が強《こわ》ばるのを感じ、ミミズは細めていた眼《め》を蛇《へび》のように見開いた。

「ああ、その反応！　やっぱり何か知ってるんだね……？」

「……」

「今さらだんまりに戻ってもダメだよ、ダメダメ！　……あ、でも、今はまだ話さなくてもいいよ？　それは、折原臨也《おりはらいざや》さんの妹ちゃん達が来てから、ゆっくりと楽しみながら聞きたいし」

誕生日プレゼントの包装紙を見る子供のような瞳《ひとみ》で、麻袋を睨《ね》め回すミミズ。

「今は、そうだね、折原臨也さんのお話、もっとしてあげたいな」

彼女は小さく微笑《ほほえ》むと、思い出したように呟いた。

「で、話を戻すけどさ……写楽美影《しゃらくみかげ》さんと、どういう関係なのかな？」

「……」

「妹ちゃんが通ってるジムのコーチ……ってだけじゃないんだよね？　情報屋Bさんが、色々と教えてくれちゃったよ？　そうだよね？」

部屋の中に散在する仲間達に問いかけると、彼らは暗い部屋の中で、互いに顔を見合わせて笑うだけだった。

それは彼らにとって肯定《こうてい》の合図なのか、ミミズは満足そうに頷《うなず》いてから口を開く。

「美影《みかげ》ちゃんが高校生の時、彼女、貴方《あなた》の取り巻きの一人だったんだってね」

「……」

「取り巻きが何人もいるって凄《すご》いよね。今でもずっと付き合ってる女の子とかっているのかな？　それとも、みんな綺麗《きれい》に関係は清算してるのかな？」

下世話《げせわ》な話にのめり込もうとしていたミミズだったが、ふと、頭の中に疑問が芽生《めば》えて別の問いを口にした。

「あれ……？　そんなにモテモテだったら、町でも有名人だよねえ。っていうか、何度も繰《く》り返しになっちゃうけど、どうしてそんなに有名なのに、情報屋さんなんかになろうと思ったの？危ないじゃん。っていうか、よく今まで無事だったね」

「……」

挑発《ちょうはつ》と侮蔑《ぶべつ》が含まれた言葉だったが、やはり麻袋《あさぶくろ》の男から答えは返らない。

「やっぱり、ヤクザ屋さんの後ろ盾《だて》があるから、誰も手とか出してこないと思っちゃってたのかなあ？　でも、残念でした！　流石《さすが》に粟楠《あわくす》会のオジサン達と喧嘩《けんか》はしたくないけど、君みたいな下っ端《ぱ》なら、こうして攫《さら》っちゃうぐらい危ない人達なんだよ？　私達って」

「……」

「不安がないかって言ったら嘘《うそ》になるけど……『オーナー』がいるから大丈夫《だいじょうぶ》なの。いざとなれば、ヤクザ屋さん達もなんとか話をつけてくれるから……。『オーナー』はね、怖《こわ》い人なんだよ？　私なんかよりもずっと。折原臨也《おりはらいざや》さんには想像もつかないぐらいかなあ」

天井《てんじょう》を見つめながら、独り言のように吐《は》き出した後、ミミズは自らの椅子《いす》へと戻った。

「そうそう、これは、情報屋Bさんも言ってなかったんだけど……。っていうか、言うまでもないと思ったのかなあ？　折原臨也さん、池袋《いけぶくろ》じゃ高校生の頃から有名だったんだって？」

「……」

「なんだか、派手《はで》な喧嘩してたんだって？　私は池袋に住んでないからよく知らないんだけど」

自分の携帯を開き、情報を確認しながら口を開く。

「えーっと……平和島《へいわじま》、静雄《しずお》さん？　そんな名前の人とさ」


そして、時は再び遡《さかのぼ》る。

3章　ノ三顧

8月上旬　夜　池袋某所《いけぶくろぼうしょ》　公園内

「テ……ツメエ！　あの糞野郎《くそやろう》の回しもんかコラぁ！」

そんな怒声《どせい》と共に、違法駐車《ちゅうしゃ》されていたバイクが高々と持ち上げられる。

クレーン車やフォークリフトなどを使用したわけではない。

己の肉体のみを使用して１００kgを軽く超える鉄塊《てっかい》が持ち上がるという光景を見て、一人の若者が腰《こし》を抜かしてへたり込む。公園の外灯を背にしたその怪力男のシルエットは、若者からすれば本当に死神か何かに見えているのかもしれない。

「ちょ、ま、俺《おれ》、ちが、ちがちがちがが」

歯をカチカチと震《ふる》わせながら首を振る青年に対し、バイクを持ち上げている男――平和島静《へいわじましず》雄《お》は、こめかみをひくつかせながら口を開いた。

「何が血が血がだ。テメエが血を見るのはこれからだろうが……あぁ？」

「落ち着けよ、静雄《しずお》。それ投げつけたらマジで死ぬぞ。それに、いくら違法駐車《ちゅうしゃ》っつっても、そのバイク高そうだからやめとけって」

死と暴力の化身《けしん》のような存在の背後から、溜息混《ためいきま》じりの声が響《ひび》き渡る。

声を放ったのはドレッドヘアの男で、その更《さら》に背後では、スタイルの良い白人女性が平静な顔つきで状況を眺《なが》めている。

「あいつの名前が出ただけで人殺しになるのも、馬鹿げた話だろうよ。なあ?」

なんら威圧《いあつ》感の無い声だったが、静雄は素直に言葉に従い、バイクをそっと地面に降ろした。

「……うす」

ただし、へたり込む若者への怒りと苛立《いらだ》ちは消えていないようで、目を合わせるだけで心臓を鷲摑《わしづか》みにされるのではないかという程の怒気《どき》を双眸《そうぼう》にギラつかせている。

そんな静雄と若者の間に割り込みながら、眼鏡《めがね》をかけたドレッドヘアの男――田中《たなか》トムは、至って普通の調子で頭を下げる。

「わりいな、驚かせちまってよ」

「え、あ、はひ?」

事態の展開についていけないのか、若者はいまだに全身を小刻みに震《ふる》わせていた。

外見は普通の大学生という感じだが、胸ポケットと両腰《こし》にそれぞれ一台ずつ、計三台の携帯電話を身につけており、どことなくカタギではなさそうな匂《にお》いも感じさせる。

そんな若者に対し、トムは眉間《みけん》に皺《しわ》を寄せながら語りかけた。

「でもよ、アンタもアンタだぜ？　何のつもりか知らねえが、少しはこいつの事を調べてから声をかけてきたんだろ？　なのにいきなり『折原臨也《おりはらいざや》って知ってるよな？　随分《ずいぶん》仲が良かったそうじゃねえか』なんて言うのは無しだろ？　つーか、初対面の人間にものを尋《たず》ねる態度じゃねえし、喧嘩《けんか》売ってると思われても仕方ねえだろ？　なあ？」

「す、すんません！　すんませんっしたぁ！　すいません！　本当にすいませんっしたぁ！」

慌《あわ》てて謝る若者を見て、トムの背後に居た静雄もようやく怒りが治まったようで、呼吸を整えながら若者を睨《にら》み付ける。

「……で、あのノミ蟲《むし》と俺《おれ》がなんだって？」

「す、すす、すすすひぇん！」

眼力に気圧《けお》され、『すいません』ともまともに言えなくなっている若者だったが、目を逸《そ》らす事によってかろうじて平静さを取り戻し、自分の言葉を紡《つむ》ぎ出す。

「俺、や、私は貴方《あなた》の敵《てき》じゃないです！　む、むしろ、俺らもその臨也って野郎《やろう》に思う所がありまして……、その野郎の事を探してるんですよ！」

「ああ……？」

「い、いや、俺らの仲間内のリーダーがですね、その臨也って野郎に自分の彼女を弄《もてあそ》ばれたって話で……それで、野郎の事を必死こいて探してるんですよ！」

「で、俺《おれ》に聞きたい事ってのはなんだ？」

数分後。

とりあえず場所を変えようと、公園の奥の落ち着いた所で改めて聞き直す静雄《しずお》。

「え、ええ、ですから、折原臨也《おりはらいざや》って野郎《やろう》の情報を、俺ら、探ってまして……。でも、よくわからねえ野郎で、どこにいるのかもさっぱり……」

「居場所なんざこっちが聞きてえ所だ。俺が直接ぶん殴《なぐ》り殺してやるからよお……」

そんな静雄の呟《つぶや》きを聞いていた、白人の女──ヴァローナは、淡々《たんたん》とした調子で問いかける。

「往時から気になっていた事案が存在します。オリハライザヤというのは、静雄先輩《せんぱい》にとって仇敵《きゅうてき》、怨敵《おんてき》に類する生命体ですか？」

「いいや、折原臨也ってのはノミ蟲《むし》みてえな奴《やつ》だ。知らねえ間に近づいて来て、気が付いたら血ぃ吸ってるような害虫だからな、絶対に近づかせねえように気を付けろよ」

「納得を完了です。了承《りようしよう》と理解、同時に終了しました」

奇妙《きみよう》な日本語で頷《うなず》き、彼女の頭の中に『オリハライザヤ』という単語が刻み込まれる。

もっとも、彼女は以前に『何でも屋』をしていた時、スローンという相棒《あいぼう》を経由して臨也から『園原杏里《そのはらあんり》を痛めつけろ』という依頼を受けた事があるのだが──依頼人に興味など持たない彼女は、臨也の名前も顔も知らぬか、あるいは忘れたままなのだろう。

そんな、自分との意外な接点も気付かぬまま、ヴァローナの中で臨也という名前を『ノミ蟲』という渾名《あだな》と共に脳裏の奥に染みこませた。

一方、そんな会話を聞いていた若者は、同調する形で口を挟《はさ》む。

「そ、そうそう！　そうなんすわ！　臨也ってのは相当な糞《くそ》野郎って話っすよね！　いやー、女ぁ取られたボスも、絶対にぶっ殺すって息巻いてますよ！」

すると、それに水を差す形でトムが言った。

「あのなあ、女を取られた恨《うら》みは解《わか》るけどよ、殺すだのなんだの、あんまり物騒《ぶっそう》な事に俺らを巻き込まねえでくれるか？　ただでさえ、静雄はそいつの名前聞くだけで苛立《いらだ》つんだからよ」

「……大丈夫《だいじょうぶ》っすよ、アイツをキチっとぶっ殺したとしても、トムさんやヴァローナ、社長達には迷惑《めいわく》はかけないようにしますから……」

真剣な顔で言う静雄に、トムは慌《あわ》ててツッコミを入れる。

「いや、そういう問題じゃねえだろ!?　つーか、迷惑かけないようにって無理だろうし、そもそも、何度も言ってるが、そんなクズ野郎の為《ため》に人生を棒《ぼう》に振る事なんかねえって！」

「……あのノミ蟲が俺の視界に入らねえ所で朽《く》ち果てるっつーんならいいんですけどね……」

そして、更《さら》に割り込む形でヴァローナが口を開いた。

「私が謀殺《ぼうさつ》を決行、証拠《しょうこ》は皆無《かいむ》と成す自信あります。イザヤという害虫を駆除《くじょ》、方法は多数存在です」

物騒《ぶっそう》極まりない事を言う後輩《こうはい》に、静雄《しずお》は思わず眉《まゆ》を顰《ひそ》める。

「おいおい、冗談《じょうだん》でもそういう事を言うもんじゃねぇよ」

自分が『殺す』と何度も連呼していた事を棚《たな》にあげ、ヴァローナの頭をポンと撫《な》でながら呟《つぶや》いた。

「気持ちだけで充分だ。ありがとよ」

「……」

ヴァローナは無言となり、上目遣《うわめづか》いで静雄を見つめた後に目を逸《そ》らす。

——……。静雄とヴァローナ、いい雰囲気《ふんいき》って奴《やつ》……なのか？

——いや、いい雰囲気って言ってもいい……んだよな、これ？

——違うか？

前置きとなる会話が物騒だっただけに、トムも現在の状況を測《はか》りかねているようだ。

だが、もっと状況が掴《つか》めなかったのは部外者である若者の方で、暫《しばら》く続いた沈黙《ちんもく》を打ち破るべく、改めて静雄に頭を下げて話の続きを切り出した。

「あ、あの。まあ、居場所とかまで解《わか》るとは思ってねぇんで……折原臨也《おりはらいざや》と喧嘩《けんか》してたんなら、なんか、クセっつーか傾向っつーか、なんかあの野郎《やろう》の弱みみたいなものって無いすかね？」

「弱みだぁ？　弱みも糞《くそ》も、あんなモヤシのノミ蟲《むし》野郎、見つけ次第死ぬまでぶん殴《なぐ》れば終わ

Mc

りだろうが。……まあ、ノミ蟲《むし》らしく、逃げ足だけは異常に速い野郎《やろう》だがな。あいつを走って捕《つか》まえられたのは高校の獅子崎先輩《ししざきせんぱい》ぐらいか……。そう、あの野郎は高校の時から……ああ畜生《ちくしょう》、あのノミ蟲野郎は、本当にいつもいつもちょこまかと飛び跳《は》ねやがってよぉ……！」

過去の事でも思い出しているのか、独り言が増え、静雄《しずお》の目の中に徐々《じょじょ》に苛立《いらだ》ちの色が混じり始める。

「そ、そうっすか……」

危険を感じた若者は、話を早々に切り上げ、一旦《いったん》現場を立ち去ろうとしたのだが——

そんな夜の公園の中に、静雄とは対照的な、あっけらかんとした声が響《ひび》き渡った。

「ヴァーローナさーんッ！　こんばんていやッ！」

挨拶《あいさつ》とかけ声が融合《ゆうごう》した奇妙《きみよう》な叫びと共に、細身の人影がヴァローナの背後から飛びかかる。

「……」

無言のまま、ヴァローナはその襲撃《しゅうげき》者の足を受け止め、流れるような動きで地面へと押し倒す。だが、襲撃者も地面に触《ふ》れる瞬間《しゅんかん》にヴァローナの腕《うで》を逃れ、空中で一回転してから地面へと降り立った。

「ちぇーッ。ヴァローナさんに後ろから抱《だ》きつき作戦大失敗ー」

笑いながらも悔《くや》しそうに呟《つぶや》いた眼鏡《めがね》少女——舞流《まいる》の後ろから、九瑠璃《くるり》がとてとてと駆《か》けてきて静雄達に挨拶《こんばんわ》……」と頭を下げた。

……ではなく、

「…………夜《こんばんわ》……」

「夜の挨拶《あいさつ》を交わす直前に、問い質《ただ》す必要を検討しました。何故《なぜ》、私に跳躍《ちょうやく》し組み付こうとしたのですか？　思わず本気で撃退《げきたい》する可能性が混在。危険です」

「スキンシップだよ、スキンシップ！　ヴァローナさんってエロティカル美人さんなんだから、もっと女同士で色んな所を磨《みが》き合わなきゃ！　それに、ヴァローナさんって喧嘩《けんか》強いじゃん？　襲《おそ》いかかって私とどっちが強いか試したいし、そのまま寝技《ねわざ》に持ち込んでも持ち込まれても私としては問題無しっていうか、ヴァローナさんの肌《はだ》ってすべすべだから触《さわ》りたい、触らせて？」

「何を言っているのか不明瞭《ふめいりょう》です。説明の開示を要求します」

首を傾《かし》げて追及するヴァローナだが、それに答えるより先に、舞流は静雄に手をあげた。

「あ、静雄さーん！　こんちわーッ！　ゴメンね、今日《きょう》、イザ兄《にい》を仕留めそこねちゃった！」

その瞬間《しゅんかん》——

若者の目が、ピクリと動いた。

「イザニイ？」

自分の耳に入ってきた単語の意味を咀嚼《そしゃく》すべく、独り言として繰り返し呟こうとしたのだが

——その呟きは、突然彼の耳に飛び込んできた苛立《いらだ》ちの声によって掻《か》き消された。

「おい……テメエ、なんで携帯三台も持ってんだよ……」

「へ？」

若者が目を向けると、そこにはサングラス越しでも解《わか》る程に目をぎらつかせた静雄《しずお》が、今にも飛びかかるのではないかという威圧《いあつ》感を放っているではないか。

「携帯を三台も四台も持ち歩いてる奴《やつ》を見ると、あのノミ蟲《むし》を思い出すぜ……テメエ、まさかなんかいかがわしい事してるんじゃやねえだろうなあ……？　いや、いい、答えなくてもとりあえずぶち殺せば同じ事だよなぁ……？」

「ちょ、まッ……」

「それが嫌《いや》だったら、3秒以内に俺の前から消えろ……いいなコラ……」

次の瞬間《しゅんかん》――静雄が「ひとつ」と数え始めるよりも前に、若者は脱兎《だっと》の如《ごと》き勢いで公園から駆《か》け去っていった。

何が起こったのか解《わか》らず、キョトンとする双子《ふたご》とヴァローナ。

ただ、トムだけは理解していたようで、ポン、と肩《かた》を叩《たた》きながら静雄に優しい言葉をかける。

「気を遣《つか》ったじゃねえか。ま、携帯三台持ってるからキレるってのは、流石《さすが》にあいつも理不尽《りふじん》だと思ったろうが、まあ、これで二度とお前にゃ近づかねえだろ」

「……そんなんじゃないっすよ。本当にノミ蟲を思い出してむかついただけっす」

トムにそんな言葉を返した後、静雄は九瑠璃《くるり》と舞流《まいる》の方に向き直りながら、ぶっきらぼうに言いはなった。

「おい、暫《しばら》く、町を彷徨《うろつ》く時は気を付けた方がいいぞ。ノミ蟲の家族だっつーのも、あんま町じゃ言って回らねえ方がいいな」

「え？　なんでなんで？」

「……謎《どうしてですか》……？」

首を傾《かし》げる双子《ふたご》の前で、静雄《しずお》は苛立《いらだ》たしげに歯を噛《か》みしめた。

「あのノミ蟲野郎《やろう》、また何かしでかしてるみたいなんでな」

そして、言うまいかどうか迷ったあげく、舌打《したう》ちをして言葉を紡《つむ》ぐ。

「あんまりお前らの前で言いたかねえが、あいつはイザとなりゃ、お前らだろうと喜んで見捨てかねねえ奴《やつ》だ……と俺《おれ》は思ってる。お前らが違うっつーんなら、そりゃすまねえがな。まあ、心配だからよ、テメエの身はテメエで守れるようにしとけよ」

柄《がら》にもない事を言ってしまったか。

そう思って後悔《こうかい》しかけた静雄だったが、次の瞬間《しゅんかん》には、九瑠璃と舞流に両側から腕《うで》を絡《から》まれていた。

「おい、何してんだ？」

首を傾げる静雄に、舞流はケラケラと笑い、九瑠璃は音もなく微笑《ほほえ》みかけた。

「静雄さんってさ、実は、すっごく優しいよね？」

「……尊《すてきです》……」

「やっぱりやっぱり、幽平《ゆうへい》さんが優しいのもお兄《にい》さん譲《ゆず》りなのかなー？」

「やめろバカ！　俺《おれ》なんかと幽《かすか》を比べちゃ、アイツに悪いだろうが！」

女子高生に両腕《うで》を絡《から》め取られるという状況ながら、論点のずれた事で怒る静雄《しずお》。

「静雄先輩《せんぱい》からの乖離《かいり》を要求します。腕による拘束《こうそく》、仕事に支障《ししょう》が出ます。何故《なぜ》そのような行為を実行するのか理解不能です」

淡々と九瑠璃《くるり》達に問いつつ、二人を引き剥《は》がそうとするヴァローナ。

微笑《ほほえ》ましいとも言える光景を見て、トムはやれやれと頰《ほお》を掻《か》きながら呟《つぶや》いた。

「ったく、賑《にぎ》やかしいこった」


「……このまま、なーんも起こらなけりゃいいんだがなあ」

♂♀

同時刻　池袋某所《いけぶくろぼうしょ》　ビルの屋上

「やあ、久々だねぇ、運び屋」

町のネオンに掻き消され、星が殆《ほとん》ど見えぬ淡黒い空の下——ネオンの光すら綺麗《きれい》に吸い込む、圧倒的な『黒』を纏《まと》うセルティに対し、イザヤは緩《ゆる》やかに手をあげた。

「新羅《しんら》の奴《やつ》は元気かい？　ネブラの最新設備で治療《ちりよう》を受けたんだから、来良《らいら》総合病院に担《かつ》ぎ込むよりは治りが早いんじゃないかな。……いや、自宅療養《りようよう》のやりかた次第じゃ結局マイナスか」

『……どこからそんな事まで』

「俺には俺独自の情報網があるって事さ。ネブラの中に俺のスパイがいるかもとか、色々と想像を働かせるのは自由だけどね、そんな事をしてもあまり意味はないと思うよ？　スパイを見つけた所で、何をどうするわけでもないだろうしねぇ」

今まで通り。

それは、いつもセルティに仕事を頼む時の臨也《いざや》と全く変わり無い調子に見えた。

だが、だからこそ、セルティにはそれが苛立《いらだ》たしかった。

新羅は、こんな男でも『友達』だと言った。

なのにこの男は、新羅が大怪我《けが》をしているというのに、しかもその事を理解しているというのに、その上で『いつも通り』なのだ。

『お前が新羅を襲《おそ》った黒幕だったなら、スパイを捜《さが》す事にも意味はあると思うがな』

だからこそ、その苛立ちを皮肉と疑念が入り交じった分に乗せて、臨也の眼前に突きつける。

しかし、それでも臨也はいつもの調子を崩《くず》さない。

「おやおや、怖《こわ》い怖い。言ったろ？　俺《おれ》は新羅《しんら》の襲撃《しゅうげき》に関しては黒幕じゃないよ。そんな事をする意味があるとは思えないしね」

『お前なら、「楽しそう」っていう理由だけでなんでもやりそうだけどな』

「酷《ひど》いな。俺がそこまで享楽主義者《きょうらくしゅぎしゃ》に見えるかい？　楽しそうって理由でなんでもできるほど、俺は万能でもないし自由でもないさ。化け物の君には理解できないだろうけど、人間っていうのは、色々なしがらみの中に生きてるんだよ？　完全な自由なんて、のたれ死ぬまで走り続ける覚悟《かくご》を持った奴《やつ》にだけ許される特権さ。そして、俺はまだ死にたくはない。それだけの話さ」

ペラペラと口舌《こうぜつ》を動かす臨也《いざや》に更《さら》なる苛立《いらだ》ちが芽生え、セルティはストレートな言葉をPDAに打ち込んだ。

『……新羅が大怪我《けが》したっていうのに、お前は何も感じないのか？』

「俺が前に刺《さ》されたって言った時、新羅は『じゃあね』って電話を切ったけどね。それに対抗して素《そ》っ気《け》ない態度を取ってるだけだよ」

『ぐ……その後、ちゃんと心配してたんだぞ！　それなのに警察に電話させたりとか色々と罠《わな》をしかけて……！　第一、自分がやられて嫌《いや》だったなら、他人にもやるな！　ていうか、お前が刺されたのは自業自得《じごうじとく》だろうが！』

「おや、新羅が刺されたのは自業自得じゃないとでも？」

淡々《たんたん》と言い返す臨也に、セルティも怯《ひる》む事なく言葉を返す。

『それを確かめる為《ため》に、ここに来た。犯人についての情報を知ってる、と言ったな？　嘘《うそ》だと言ったら、今からお前を縛《しば》り上げて本当に静雄《しずお》の前にほっぽり出すからな』

「俺は自分にも他人も嘘をつくけれど、商売に関しては嘘はつかないよ。それをやったら商売あがったりだからねえ。だから、俺の嘘は趣味だと思ってくれればいい」

『趣味を仕事にするなんて、良くあることだがな』

「言うねえ。まあ、それよりも先に、仕事の話をしようか」

屋上のフェンスに寄りかかっていた臨也は、ゆっくりとセルティの方に歩き出す。

だが、それを制するように、セルティは周囲に意識を向けて臨也に問いかけた。

『ちょっと待て』

「何かな？」

『……周りにいる連中は、一体なんだ？』

セルティが見渡した先には――屋上の貯水タンクの陰などで、壁に寄りかかりながらこちらの様子を窺《うかが》っている男達の姿があった。

そして、彼らが身に纏《まと》っている骨柄《ほねがら》のジャケットを見て、セルティはある単語を思い出す。

『おい、こいつら、【屍　龍《ドラゴンゾンビ》】の連中じゃないか？』

すると臨也は、拍手《はくしゅ》しながら嬉《うれ》しそうに答えた。

「ご名答！　よく覚えてたね。最近全然走ってないのに」

屍龍《ドラゴンゾンビ》というのは、東京23区内を走り回っていた暴走族だ。粟楠《あわくす》会と繋《つな》がりがあると言われている『邪《ジャ》ン蛇《ジャ》カ邪《ジャ》ン』と競《せ》り合っていたチームだが、少し前から全く町中で見かけなくなってしまっていた。

邪《ジャ》ン蛇《ジャ》カ邪《ジャ》ンも同時期になりを潜《ひそ》めた事から、セルティとしては、『あの怖《こわ》い白バイに怖《おそ》れをなしたのだろう』と一人で納得《なっとく》していたが、こうして、バイクとは無縁ともいえるビルの屋上で見かけるとは予想だにしていなかった。

『なんで、こいつらがここに？』

――まさか、やっぱりこいつが新羅《しんら》を襲《おそ》った黒幕なんじゃ。

――そして、私を始末しようと、人を集めた……？

そんな疑念を抱《いだ》き、警戒《けいかい》しながら全身の影を蠢《うごめ》かせる。

イザとなればこの屋上全《すべ》てを『影』に包み込んでしまおうと目論《もくろ》むセルティに、臨也《いざや》は毒気の無い表情で手を振った。

「ああ、大丈夫大丈夫《だいじょうぶ》、そんなに警戒するなってば。彼らはね、俺《おれ》の足であると同時に、ボディガードみたいなものなんだから」

『ボディガード……？』

「刺《さ》されたって言ったろ？　まだ俺を刺した奴《やつ》は見つけてないんだけどさ、ほら、俺って逆恨みをよくされるじゃない？　だからさ、お金を出して護衛をして貰《もら》ってるわけ。……ほら、最近は暴走族も取り締まりが厳しいだろ？」

『それは同意するが……』

半日前に激しいチェイスを繰《く》り広げた葛原金之助《くずはらきんのすけ》の事を思い出し、セルティは身震《みぶる》いしながら文字の続きを打ち込んだ。

『だが、逆恨《さかうら》みはないだろう逆恨みは』

「冗談《じょうだん》だよ。流石《さすが》に、自分が正当な恨みを買う仕事と性格だっていうのは理解しているつもりだからね」

『だったら、性格だけでも改めたらどうだ？』

「気が向いたらね」

大して興味の無い様子の臨也に、セルティはそれ以上の説得を諦《あきら》めたようだ。

『とりあえず、周囲の連中は気にしない事にしよう。で、私は何を運べばいいんだ？』

「まあ、順を追って話そうか。実は、数日がかりの仕事になるんだ」

『おい待て。私は新羅の看病をしないといけないんだぞ！　何日も家を空《あ》けられるか！』

抗議するセルティだが、臨也はなんの問題もないと首を振る。

「大丈夫だよ、ずっと拘束《こうそく》する仕事じゃない。数日がかりって言っても、一日に少しずつ動いてくれればいいんだ」

『少しずつ？』

「何、要するに、俺《おれ》の助手をしてくれって事だよ。ちょっと、色々と調べないといけない案件があってさ。戸籍《こせき》とか立場に囚《とら》われないで、色々と自由に動ける人出が欲しいんだ」

『そこにいる屍龍《ドラゴンゾンビ》の連中に頼めばいいじゃないか』

当然といえば当然の疑問に、臨也《いざや》はケロリとした顔で答えた。

「彼らには護衛に徹して貰《もら》わないと困るじゃないか。俺は自分の命が大事だからね」

『それを言ったら、そもそも情報集めなんて運び屋に頼む仕事じゃないだろう。業務外の事を頼まれてもな……』

渋《しぶ》るセルティだが、彼女自身は受けるしかないという覚悟《かくご》は既《すで》に決めていた。

仕事と引き替えに得られる『新羅《しんら》襲撃犯《しゅうげきはん》』の情報。

それを手に入れる為《ため》ならば、自分にできる事をするしかないだろう。

仮に陰で臨也《いざや》を縛《しば》り上げて脅《おど》した所で、その情報を吐《は》く事はしない。

臨也にはそうした精神力だけは無駄《むだ》にあるという事を理解している為、セルティは半分諦《あきら》めながらも、彼女なりの交渉を続ける。

『私はやるからには全力でやるが、期待に沿えなかったからといって報酬《ほうしゅう》を反故《ほご》にするのは無しだぞ』

「解《わか》ってるよ。まあ、流石《さすが》に裏切ったりサボったりしない限りは、君の望む情報をあげようじゃないか。それにね、君にやって欲しいのは、そうそう運び屋の仕事と違わないと思うよ?

寧《むし》ろ、運び屋としての君に依頼したいぐらいだ」

『どういう事だ？』

遠回しな物言いに、セルティは苛立《いらだ》ちながら尋《たず》ねる。

すると、臨也は悪戯小僧《いたずらこぞう》のように笑い、セルティの肩《かた》をポンと叩《たた》いてから、屋上のフェンスの上にヒョイと飛び乗り腰《こし》かける。

落ちるのではないかとヒヤヒヤしかねない場面だが、セルティは臨也を諫《いさ》めようともせず、静かに相手の言葉の続きを待った。

臨也は少し高い所からセルティを見下ろす形で、パンと両手を打ち鳴らす。

「つまり、今回、運び屋の君に運んで欲しいのは……」

「……情、報、だ、よ」

♂♀

一時間後　都内某所《ぼうしょ》　クラブハウス
ハリウッド映画のワンシーンに出てくるような、典型的な内装のクラブハウス。

薄暗《うすぐら》いホールには扇情《せんじよう》的な音楽が鳴り響《ひび》き、その闇《やみ》を切り裂《さ》くように無数の明かりが乱舞している。そんなホールの音と光からは隔離《かくり》された、三階のとある個室内にて——

一見するとこうしたナイトクラブには似合わぬような、数名の大学生達が寛《くつろ》いでいた。

壁の色は、都市の夜景を思わせる青。

白い大理石のテーブルの周囲には柔《やわ》らかそうな黒革のソファが置かれており、この場所が特別な空間であると強く主張している。

「いいスペースだろう？」

そう呟《つぶや》いたのは、手にダーツを持った一人の男だった。

部屋の壁には使い込まれたダーツボードが置かれており、電子式ではないその遊技具《ゆうぎぐ》が、部屋の中にアナログな空気を醸《かも》し出している。

「ここの二階部分は、去年の末まで、僕《ぼく》達の同業者の溜《た》まり場だったそうだ。年末だか年始だかに、粟楠《あわくす》会や警察に目をつけられて潰《つぶ》れたらしいけどね」

「おいおい、縁起《えんぎ》が悪いんじゃないか？」

「逆に考えるといい。もう、そいつらが厄《やく》を全部持って行った、ってね。それに、ここのクラブは親父の所有物だから、色々と融通《ゆうずう》がきくんだよ。勉強部屋が欲しいって言ったら、部屋の予約が入ってる時以外は好きに使っていいってさ」

ナイトクラブという場には一際無縁《ひときわむえん》に思える、優等生じみた雰囲気《ふんいき》をしたその青年は、的《まと》に向かってダーツの矢を投げ放った。

タン、と、小気味《こきみ》よい音が部屋に響き渡り、一瞬《いっしゅん》だけ部屋の中を鎮《しず》まらせる。

ブルズアイに突き刺《さ》さった矢を前に、微動だにしない青年。何かスポーツでもやっているのか、優等生風《ふう》ではあるが、決して痩《や》せ細っているわけではなく、寧《むし》ろ筋肉はあると言ってもいい方だろう。身体《からだ》にも顔にも雰囲気《ふんいき》にも恵まれた御曹司《おんぞうし》風といった青年で、部屋の高貴さと相まって絵になる光景を創《つく》りだしている。

その沈黙《ちんもく》を殺したのは、ダーツを投げた青年自身の言葉だった。

「……しかし、その平和島静雄《へいわじましずお》って奴《やつ》は、本当にそんな言葉を信じたのかい？　僕の彼女が、い、い、い、い、い、い、い、い、弄ばれた、なんていう作り話を」

すると、部屋の入口あたりに立っていた若者——公園にて、静雄に話を聞いていた男が、媚《こ》びるような笑みを浮かべ、頭を掻《か》きながら口を開く。

「ああ、そりゃもうあっさりと。あいつ、噂《うわさ》通りの化け物だったけどよ、頭の中身の方はおめでたいのかもしれねぇっすよ！　それに、ちゃんと折原臨也《おりはらいざや》って野郎《やろう》の情報を見つけて来ましたから！　いやまあ、ぶっちゃけ、情報屋とか言っても、四十万《しじま》さんが気にする程の奴《やつ》じゃないとは思うんすけどね」

「ああ、妹らしき女の子……だっけか」

「そうですそうです！　眼鏡《めがね》の餓鬼《がき》が、はっきりと『イザニイ』とか言うのが聞こえましたから！　横に居た女も、面《つら》がよく似てたから兄妹かもしれねえっす」

「へえ、そうなんだ。妹か、確かにそれは、取引の材料になりそうだね」

四十万《しじま》と呼ばれた男は、新しいダーツの矢を持ち、的《まと》に向かって腕《うで》を構える。

「で、その子の家は？」

「え？」

自然な流れで問いかけられた言葉に、下っ端風《ぱふう》の若者は、思わず身体《からだ》を固まらせた。

理由は至極《しごく》単純で、単にその『先』の答えを何一つ持ち合わせていなかったからだ。

「その子達が、今、この場にいないっていう事は、当然、後をつけるなりなんなりして、家ぐらいは調べてきたんだろう？」

「あ、いや……その、静雄《しずお》って野郎《やろう》が暴れそうになったんで、慌《あわ》てて逃げちまったんで……」

「なんだ、しょうがないなあ。じゃあ、それは改めて明日《あした》調べようか」

爽《さわ》やかに笑う四十万に、下っ端の若者もハハ、と吊《つ》られて笑う。

しかし、次の瞬間《しゅんかん》、四十万が首を傾《かし》げながら若者に問いかける。

「……ん？　君、何か両目についてない？」

「え？」

「両瞼《まぶた》のところに、なんか痣《あざ》みたいなのが……ちょっと両目をつむってみてよ」

「あ、はい、すんません」

そして、言われるがままに両目を一瞬《いっしゅん》閉じたのだが――

一秒と経《た》たぬ内に、男の鼻に、衝撃《しょうげき》が走る。

「ヅッ⁉　アッ……グァッ⁉」

何が起こったのか解《わか》らず、若者は目を見開いた。

すると、視界の中央、右目と左目の間辺りに、二本の棒《ぼう》のような影が見えた。いや、本来は一本なのだが、焦点《しょうてん》が合わずに二本にぶれて見えるのだろう。

最初、小さなトカゲか何かが噛《か》みついたか、蜂《はち》にでも刺《さ》されたのかと思い、慌《あわ》ててその影を手で払《はら》いのけようとした。

だが、横殴《なぐ》りにする形で手を触《ふ》れた瞬間、鼻の肉を抉《えぐ》るような痛みが顔面内に爆発《ばくはつ》する。

「イヅゥッ！」

だが、自らの鼻頭《はながしら》を抉っていた『何か』はその衝撃で転げ落ちたようだ。

男は血の滴《したた》る鼻を押さえつつ、床《ゆか》に落ちたそれに目を向ける。

「え……」

――これ、ダーツの……矢……や……やぁ？

気付いたのとほぼ同時に彼の傍《そば》に、黒い影が歩み寄る。

「し、シジ……ま……さん？　ッッッ!?　アアアッ！　〜〜〜〜〜〜ッ！」

いつの間に距離を詰めたのか、部屋の中央あたりにいた四十万《しじま》が唐突《とうとつ》に目の前に現れ、自分の肩《かた》にダーツの矢を突《さ》き刺している。

鼻頭《はながしら》と肩、双方《そうほう》の痛みが男の中で共鳴し、脳髄《のうずい》の中を暴れ回った。

その光景の意味を理解するよりも先に、彼の身体《からだ》を激痛が支配する。

「な、何！　俺《おれ》、が！　何ッ！」

肩を押さえながらあたふたと背を向け、言葉にならない疑問を叫びながら部屋の隅《すみ》に背をつける下っ端《ぱ》の男。部屋にいた他《ほか》の男達の反応は、生唾《なまつば》を飲んで事態を見守っているものから、ケラケラと笑っているものまで様々だ。

「ああ、『俺が何をしたんだ?』って言いたいのか?」

喚《わめ》く男の言葉を代弁した後、四十万は自問自答《じもんじとう》するかのように、疑問の答えを口にする。

「何もしなかったからに決まってるじゃないか」

あっさりと言い放ち、足元に転がるダーツの矢を拾い上げる四十万。

そして、なんの躊躇《ためら》いもなく、部屋の隅で震《ふる》えている男へと投げつける。

「ひッぁッウアガァッ!?」

恐怖による悲鳴と、痛みによる悲鳴が連続した叫び声。

四十万はそのままツカツカと歩を進め、足を大きく振り上げると、男の太股《ふともも》に刺さったダーツの矢を思い切り踏みしめた。

「ガアアアッ!?　イグヅッヅグッヅグヅグヅグッッッッ！」

言語として成り立たぬ声が、部屋の中に響《ひび》き渡る。

だが、防音の壁はホールのミュージックを内部に伝えないように、男の悲鳴を外部に伝える事もない。

痛みに脊髄《せきずい》を刺激され、混乱と恐怖に揺さぶられた顔面から涙《なみだ》が流れ始めた。

そんな哀《あわ》れな男に、四十万は爽《さわ》やかな笑顔で——男の太股をダーツごと踏みにじったまま語りかける。

「平和島静雄《へいわじましずお》の頭がおめでたい……？　おめでたいのは君の脳味噌《みそ》の方だろ……？　こっちは時間の一秒でも惜《お》しいんだけどなあ。惜しいんだけどなあ。惜しいんだ、け、ど、な、あ？」

最後の五文字を呟《つぶや》くごとに、グイ、グイ、と足に体重を乗せていく。

壊《こわ》れた楽器のように、足の踏み込みに合わせて男の喉《のど》から呻《うめ》きが漏《も》れる。

「感謝して欲しいな。目を瞑《つむ》らせてなかったら、下手《へた》に動いて右目か左目がおじゃんだったかもしれないんだからさ」

そこまで言った所で、四十万は足を離し、呻き続ける男に背を向けた。

下っ端にはそれ以上興味ないとでも言うかのように、それ以後の言葉は、部屋の中にいる全員に向かって言い放つ御曹司《おんぞうし》風《ふう》の男。

「大学のサークル気分でやってもらったらさ、困るんだよなあ……。いや、僕《ぼく》はいいんだ。僕はいいんだけど……雲井さんに怒られるのは、結局僕なんだよ」

雲井《くもい》。

その名前が出た瞬間《しゅんかん》、部屋の中の空気が凍《こお》り付いた。

制裁《せいさい》を受けた若者の鼻先にダーツが刺《さ》さった時ですら、ここまで部屋が鎮《しず》まる事はなかったのだが、雲井という固有名詞が鼓膜《こまく》を揺らした瞬間、血を見てヘラヘラ笑っていた男達ですら黙《だま》り込んでしまったのだ。

一人の男の泣き呻《わめ》く声など、もはや男達の鼓膜は揺らしても、脳味噌《みそ》には欠片《かけら》も伝わらない。

皆、雲井という名前にそれだけ集中しているのだ。

「な、なあ、四十万《しじま》。最近、雲井さんから連絡《れんらく》あったのか？」

「当たり前だろ？」

革張りのソファーに座っていた仲間の問いに、四十万は爽《さわ》やかな微笑《ほほえ》みと共に答える。

「……粟楠会の赤林を始末するどころか、関係無い暴力団と揉めて新聞沙汰なんて事になったんだ。そんな大失態をやらかして、雲井さんが……見逃してくれる筈ないじゃないか」

晴れ晴れとした表情を崩《くず》さぬまま、四十万は——頬《ほお》に一筋の冷や汗《あせ》を流しながら呟《つぶや》いた。

「……僕達は、『ヘヴンスレイブ』に泥《どろ》を塗ったんだからね」

口から言葉を紡《つむ》ぐと同時に、四十万は着ていたシャツの右手首のボタンを外し——袖《そで》を、一気に右肘《ひじ》の上までまくり上げた。

「……」

再び、沈黙《ちんもく》が部屋を支配する。

ある者は目を背《そむ》け、ある者は信じられぬといった表情で凝視《ぎようし》する。

彼の右腕《うで》にあったものは、長い長い、奇妙《きみよう》な赤い傷跡《きずあと》だった。

手首の少し下から、肩口《かたぐち》に至るまで、長く赤い線が数本並走しているではないか。

——まるで、楽譜《がくふ》みたいだ。

そう思った仲間の一人が、すぐにその考えを訂正《ていせい》する。

『まるで』ではなく——

その傷は、『まさしく』音楽などに用いられる五線譜そのものだったのだから。

歪《いびつ》に引かれた五本の線の合間に、時折、赤い点状の印があった。中には、丁寧《ていねい》に『♪』の形に切り抉《えぐ》られている疵《きず》すらある。

「そ、その傷……なんで、どうやって」

「ん？　ああ、雲井さんに、直《ちょく》でやられたよ」

「ナイフ……とかか？」

質問しなければ、その異常さに呑《の》まれると思ったのだろう。

自分でも納得《なっとく》できる答えを導きだそうと、ナイフという単語を口にした。

——そうだ、これは、ナイフの傷だ。

——だったら、頭の悪そうな不良共でも、たまにやる事だろう。

——煙草《たばこ》で根性焼きするのと似たようなものだ。

——だよな。

——大した事ないよな。

——ドラマとか漫画で、もっとやべぇのあるよな。

——指詰められるよりは、なあ？

心の中に、そんな言葉が何度も浮かんでは消えていく。

しかし、眼前の疵痕《きずあと》は、そんな想像よりも遥《はる》かに雄弁に『痛み』を語る。

実際に指や腕《うで》を失うよりはマシだとは言っても、どう見てもかすり傷といえない。下手《へた》をすれば、筋肉まで達していてもおかしくない疵痕だ。

それでも、男達は想像せずにはいられなかった。

『この程度の罰《ばつ》は、まだマシな方だ』と。

男達のそうした『逃げ』を否定するかのように、四十万《しじま》は小さく首を振る。

「それなら、まだ傷口の治りも良かったかもね」

四十万は、一斉《いっせい》に固まった部屋の人間達とは対照的に、滑《なめ》らかな動きでダーツ板に近づいた。

そして、的《まと》に刺《さ》さっている矢を三本抜き取り、手の中で転がしながら答える。

「この矢で、さ、一本一本丁寧《ていねい》に線を抉り引かれたよ、、、、、、、、、」

「……」

男達の背に、寒気と汗《あせ》が同時に滲《にじ》む。

切る事を目的としていない機具で、肉の細胞《さいぼう》を破壊《はかい》しながら進む作曲作業。それを想像しただけで、下腹に薄ら寒い圧迫感が押し寄せる。

「ああ、でも、麻酔《ますい》無しで前歯に穴を開けられた時よりは、ずっとマシだったかな。代わりに、『音符に合わせて悲鳴で歌え』なんて無茶な事を言われたけどね。まったく、雲井さんのジョークは一流だよ」

ハハ、と無邪気《むじゃき》に笑う四十万に、答える者はいなかった。

雲井という男が彼らのリーダーであるようだが、その男の『制裁』の殆《ほとん》どは、全《すべ》てナンバー2と思しき四十万が引き受けている状況らしい。

「雲井さんがね、『俺《おれ》達は、ダラーズの影だ』って言ってたよ」

冷え切った空気の中、四十万だけが熱を持った言葉を口にし、再びダーツ板に向き合った。

「僕達は、ナンバー2でいいんだってさ。『ダラーズ』って巨体に隠《かく》れる、ただの影でいいんだって……。ただ、それを盤石《ばんじゃく》にするためには、まだ少しだけ力が足りないんだってさ」

タン、と小気味《こきみ》よい音が響《ひび》き、ダーツの矢は再びブルズアイへと真中《どまんなか》へと突き刺《さ》さる。

「……『アンフィスバエナ』のシステムを、『ヘヴンスレイヴ』が丸ごと掻《か》っ攫《さら》う」

タン、と、更《さら》に一本が的《まと》に刺《さ》さり、狂信的な瞳《ひとみ》を細めながら。

「それが、雲井《くもい》さんの望みだからね」

タン、と、最後の一本が的を揺らした後――

四十万《しじま》は、室内全《すべ》てに響《ひび》き渡る声で、絶望とも言える言葉を口にした。

本人だけは、とても、とても嬉《うれ》しそうに笑いながら。

「僕《ぼく》達には、もう退路なんてないんだよ」

チャットルーム

・・・

チャットルームには誰もいません。
チャットルームには誰もいません。
チャットルームには誰もいません。

罪歌《さいか》さんが入室されました。

罪歌【こんばんは】
罪歌【よろしく　おねがいします】

白面書生《はくめんしょせい》さんが入室されました。

白面書生【初めまして、白面書生《はくめんしょせい》といいます！】
白面書生【えーっと、実は、私、今日《きょう》がこちらのチャットデビューでして】
白面書生【セットンさんに紹介《しょうかい》されてお伺《うかが》いしました！　宜《よろ》しくお願いします！】

罪歌【はじめまして】
罪歌【さいかといいます】
罪歌【よろしく　おねがいします】
罪歌【せっとんさんの　おしりあいですか】

内緒モード　白面書生【僕《ぼく》だよ、杏里《あんり》ちゃん】
内緒モード　白面書生【セルティに誘われてたのを思い出してね】
内緒モード　白面書生【色々あってさ、今、パソコンと睨《にら》めっこしてるような状況なんだ】

白面書生【まあ、そんな感じですね！　宜しくお願いします！】
内緒モード　罪歌【もしかして　きしたにせんせいですか】
内緒モード　白面書生【ご名答！　って言っても、セルティが他《ほか》に呼ぶ人もいないよね】

内緒モード　罪歌【けがは　だいじょうぶなんですか】
内緒モード　白面書生【ああそうか、セルティから聞いてるんだったっけ】
内緒モード　白面書生【まあ、こうしてパソコンは打てるようになったよ】
内緒モード　白面書生【布団《ふとん》に仰向《あおむ》けになったまま、特殊なデスクを使ってだけどね】
内緒モード　罪歌【おだいじにしてください】
内緒モード　罪歌【ごけんしょうを　おいのりします】
内緒モード　白面書生【ありがとう、養生《ようじょう》するよ。まあ、あんまり気にしないでいいよ】
内緒モード　罪歌【はい　ありがとうございます】
内緒モード　罪歌【そういえば　さいしょから　ないしょもーどをつかえるんですね】
内緒モード　罪歌【すごいです】
内緒モード　白面書生【まあ、パソコンには慣れてるから、感覚で分かるよ】
内緒モード　白面書生【どうせなら他《ほか》の人にも挨拶《あいさつ》したかったけど、今はいないかな？】
内緒モード　罪歌【すいません】
内緒モード　白面書生【杏里ちゃん……おっと、罪歌《さいか》さんが謝る事じゃないよw】
内緒モード　白面書生【っていうか、携帯から打ち込んでるのかな？　大変だね】
内緒モード　白面書生【ていうか、ずっとひらがなじゃ大変でしょ】
内緒モード　罪歌【すいません】

内緒モード　白面書生【謝らなくていいってばw】
内緒モード　白面書生【君に謝らせてばっかりだと、後でセルティに怒られるからさ】
内緒モード　罪歌【せるてぃさんは　おげんきですか】
内緒モード　白面書生【ああ、元気元気！　今日《きょう》はまだ帰ってないけどね】
内緒モード　白面書生【そうそう、パソコンや携帯の漢字変換とかだけどさ】
内緒モード　白面書生【帝人《みかど》君あたりに教えて貰《もら》えば？】
内緒モード　白面書生【帝人君なら、そういうの詳《くわ》しいだろうし】
内緒モード　白面書生【ていうか、このチャットに呼んでも誰も文句言わないんじゃない？】
内緒モード　罪歌【すいません】
内緒モード　罪歌【それも　かんがえたことは　あります】
内緒モード　罪歌【でも　りゅうがみねくんには　さいかのなまえを　みせたくないです】
内緒モード　罪歌【まだ　こころのじゅんびが　できていません】
内緒モード　白面書生【なるほどねえ。まあ、気持ちは解《わか》るよ】
内緒モード　白面書生【帝人君だと、罪歌《さいか》が妖刀《ようとう》事件に絡《から》んでるって気付きそうだしね】
内緒モード　白面書生【その妖刀の名前を杏里《あんり》ちゃんが使ってるのは確かにまずいかもね】
内緒モード　白面書生【ま、でも、ゆっくりでいいと思うよ】
内緒モード　白面書生【君も帝人君も、僕《ぼく》と違って奥手っぽいからねえ】

内緒モード　白面書生【でも、君の妖刀としてのありかたとか、今後の生き方とか……】
内緒モード　白面書生【あるいは、帝人君に打ち明けるかどうかとか……】
内緒モード　白面書生【そういう話なら、僕とセルティは、いつでも相談に乗るからね】
内緒モード　罪歌【ありがとうございます】
内緒モード　罪歌【うれしいです】
内緒モード　罪歌【さいかのことを　そうだんできるのは　せるてぃさんたちだけです】
内緒モード　罪歌【だから　とても　こころづよいです】
内緒モード　罪歌【でも　めいわくじゃ　ないですか】
内緒モード　罪歌【わたしのせいで　きしたにせんせいたちに　ごめいわくが　かかるんじゃ】
内緒モード　白面書生【気にすることないって！】
内緒モード　白面書生【あのね、内緒《ないしょ》モードだから言っちゃうけど……】
内緒モード　白面書生【セルティは、君の事、大事な友達だと思ってるんだからね】
内緒モード　白面書生【セルティの友達は僕の友達だからね】
内緒モード　白面書生【ま、時間が空《あ》いてればって条件はあるけど、相談には乗るよ】
内緒モード　罪歌【うれしいです】
内緒モード　罪歌【すごく　うれしいです】
内緒モード　白面書生【ストレートに御礼《おれい》を言われると、なんだか逆に照れるなあw】

内緒モード　白面書生【じゃあ、今日《きょう》は一旦《いったん》ここでお別れという事で】
内緒モード　白面書生【内緒《ないしょ》モード、一旦解除しますね！】

白面書生【それじゃあ、また人が多そうな時に改めて御挨拶《ごあいさつ》させて頂《いただ》きます！】
白面書生【罪歌《さいか》さん、最初の挨拶の相手になって下さって、ありがとうございました！】
罪歌【ありがとうございました】
罪歌【おつかれさまです】
白面書生【こちらこそ！　ではでは……】

白面書生《はくめんしょせい》さんが退室されました。

罪歌【おつかれさまでした】
罪歌【わたしも　きょうは　いちど　たいしつします】
罪歌【ありがとうございました】
罪歌【いつか　ぜんいんで　おはなし　したいですね】
罪歌【がんばります】
罪歌【それでは　しつれいします】

罪歌さんが退室されました。

チャットルームには誰もいません。

チャットルームには誰もいません。

チャットルームには誰もいません。

・・・

暗い場所で　4

「今日《きょう》はこれから、折原臨也《おりはらいざや》君の他人紹介を始めまーす。パチパチパチパチー」

口で拍手《はくしゅ》の音を生み出すと、周囲の仲間達がそれに合わせて実際に手を叩《たた》く。

薄暗《うすぐら》いだけだった筈《はず》の店内が、小さな蠟燭《ろうそく》の光によって、やや暖かみのある薄暗さに変貌《へんぼう》していた。

いつの間に用意したのか、部屋のテーブルの上には小さなモンブランケーキが置かれており、その上に二十本を超える小さな蠟燭が無理矢理《むりやり》突き立てられている。

もはやひとまとまりの巨大な蠟燭のようになっており、激しく瞬《またた》く炎《ほのお》が部屋の中に光の波を生みだしていた。

「折原臨也君の誕生日は、５月４日でーす！　凄《すご》い凄い、出席番号前の方じゃーん！　おっとなー！　わー！」

「……」

「折原臨也君って、25歳《さい》なんだって？　でも、周りの人には21歳って言ってるらしいじゃん。

なんでなんで？　四捨五入して30歳《さい》になるのってそんなにショック？」

挑発《ちょうはつ》的な言葉だが、麻袋《あさぶくろ》はそんな挑発には乗らないとばかりに、無言のまま首を振る。

「凄《すご》いねー。もう2時間も無言じゃん。本当はね？　殴《なぐ》ったり蹴《け》ったり刺《さ》したり抉《えぐ》ったり引っこ抜いたりして悲鳴を上げさせてもいいんだけどさ、それじゃつまんないじゃん。お楽しみは、折原臨也《おりはらいざや》君の大事な妹さん達がついてからにしないとね！　ウン、ウン！」

一人で納得《なっとく》したように頷《うなず》くと、ミミズはそのままケーキの皿を持ち上げ——男の被《かぶ》る麻袋に、ゆっくりと近づけた。

「麻袋越しでも、火の明るさぐらいは解《わか》るよね？」

「……」

やや強くなった呼吸音と共に、身体《からだ》を背後に仰《の》け反《ぞ》らせようとする麻袋の男。

そんな彼の前に、一人分のケーキを台座とする蠟燭《ろうそく》の束が近づけられた。

「さっき意地悪してその布を濡《ぬ》らしちゃってゴメンね？　今、ちゃんと乾かしてあげるから」

濡れているとは言え、熱は伝わっているかもしれない。

だが、男の反応からは、相手の感情は窺《うかが》えない。

麻袋の下にあるのが、恐怖なのか、絶望なのか、自分に対する果てしない怒りなのか。

無限の可能性を想像し、ミミズは、平静を装いながらも興奮していた。

剝《は》ごうと思えば、麻袋などいつでも剝げる。

だが、今はその時ではない。

彼女は、湧《わ》き起こる欲求を必死に抑《おさ》えつけながら、一方で至福《しふく》ともいえる感覚に浸《ひた》っていた。

ミミズの趣味は、『想像』による陵辱《りょうじょく》だ。

窮地《きゅうち》に陥《おちい》っている相手がどんな顔をしているのか、見たいという欲求を感じる瞬間《しゅんかん》こそ、彼女が生きていると実感できるひとときだった。

——手とか、ちょっとぐらい燃やしたいな。

——いや、ダメか。彼の妹が来るまで待たないと……。

心中《しんちゅう》では、歪《いびつ》な欲望から生まれる剣呑《けんのん》とした光景を望んでいたが、必死でそれを抑え付け、顔ではそれまで通りの柔和《にゅうわ》な笑顔を浮かべ続けた。

火を更《さら》に近づけ、麻袋を燃やしてしまいたい。

写真で見た端正《たんせい》な顔立ちが、焼けただれながら苦痛に歪《ゆが》むのを眺《なが》めていたい。

動けなくなるほどに憔悴《しょうすい》した所で、その火傷《やけど》を舐《な》め回したい。

舌《した》の上に転がる血の味と、折原臨也の悲鳴を想像する。

ミミズは、その想像だけで『生きていて良かった』という実感に酔《よ》いしれる事ができた。

これまでも、何人も何人も、『アンフィスバエナ』の——ミミズと『オーナー』の敵《てき》に対し、同じような事をし続けてきた。老若男女《ろうにゃくなんにょ》問わず、何人も、何人も。

相手が意識を失った所や、悲鳴にのたうち回った所で、いざ袋《ふくろ》を取って顔を見てしまうと、ミミズは途端《とたん》に醒《さ》めてしまう傾向があった。

折原臨也《おりはらいざや》は、写真を見る限りでは、ミミズの好みと言える外観をしていた。

だからこそ、彼女は大事に大事に取っておこうと決意する。

絶望に満ちた、最高の顔を浮かべているであろうその瞬間《しゅんかん》が過ぎ去り、彼女が何度も悦楽《えつらく》に浸《ひた》り、折原臨也という人間に対する『想像』に飽《あ》きてしまうその瞬間まで。

そんな想いを胸の内に隠《かく》しつつ、彼女はケーキをテーブルに戻す。

「まあ、このケーキはね、実は折原臨也さん用じゃなくって、今月誕生日の私《わたし》用なんだ。残念だったね。食べられなくってさ？」

代わりに手にした携帯電話の画面に目を向け、そこに記された『折原臨也』の個人情報を次々と読み上げていく。

「身長175cmで、体重は58kgー。へー、スタイルいいじゃん。背はもうちょっと高い方が私の好みかもよ？」

「……」

力無く首を傾《かし》げるような動作をする麻袋《あさぶくろ》の男を見て、ミミズはクスクスと嗤《わら》い始めた。

「なんで体重まで解《わか》るんだ、って思ってるんでしょ？　解るよ。言ったでしょ？　私の情報屋さんは優秀だって」

「……」

更《さら》に首を傾ける男の表情を『想像』し、ミミズは更《さら》に深く相手の情報を口にした。

「まあ、半年以上前の数字だから、もっと変わってるかもしれないけどね？　折原臨也さん、去年、生命保険に入ってるよねぇ？　その時に身長と体重、記入してるよね？　……私の取引してる情報屋さん、そんな情報まで仕入れられるんだよ？　凄《すご》くない？」

「……。…………」

何か言いかけるような呼吸の動きがあったが、結局沈黙《ちんもく》を続ける事にしたようだ。

肩《かた》をゆっくりと上下させる男に、ミミズは腹の奥の疼《うず》きを味わいながら携帯電話の情報を読み上げ続ける。

「家族は情報屋さんを入れて七人ってところかな。父方のお爺《じい》さんの名前が寅吉《とらきち》さんで、お婆《ばあ》さんの名前はナツ。母方のお爺ちゃんお婆ちゃんはもうお亡くなりなんだね。ちゃんと法事とか出てあげてる？」

「……」

呼吸に混じる僅《わず》かな動きは、頷《うなず》いているようにも首を振っているようにも見えた。

恐らくは、何も考えていないのだろう。

だが、反応した所を見るに、声が聞こえている事は確かなようだ。

それだけを確認すると、彼女は再び口を開く。

「お父《とう》さんが四郎《しろう》で、お母《かあ》さんが響子《きょうこ》……あとは、もうすぐここに来る、二人の妹さんだね」

「……」

「来神《らいじん》小学校から来神中学校、それから来神高校、来良大学って入ったんだ。エスカレーターなんだ。凄《すご》いね。まあ、来良ってそんなに偏差値高くないみたいだけどさ。ライライイライ、ライライづくしだね。ラーメン屋さんみたい」

本人にしか解《わか》らないようなジョークを言いつつ、周囲の反応すら待たずに立ち上がる。

そして、麻袋《あさぶくろ》の男の隣《となり》に自らの椅子《いす》を運び、堂々と男の右隣に腰掛《こしか》けた。

左手の人差し指を男の太股《ふともも》の上に乗せ、円を描くように擽《くすぐ》った。

くすぐったいのを我慢《がまん》しているのか、麻袋の呼吸がやや乱れかける。

「ねえ……来神小学校の時は、凄《すご》い優等生だったんだって？」

「……」

「情報屋さんさ、高校の時は、さっき言った平和島《へいわじま》って人と喧嘩《けんか》ばっかりしてたんでしょ？でも、本当に酷《ひど》かったのは、中学生の時だよね？」

「……」

女の言葉に、今度は完全に無反応となる麻袋の男。

「どうしたの？　元気なくなっちゃったね？」

テーブルに手を伸ばし、再びケーキに手を伸ばした。

ケーキを手にした彼女は、その皿を麻袋の男の頭に載《の》せようと試みる。

ゴワゴワした麻袋をならしながらだったため、バランスを取るのに数秒かかったが、最終的にはなんとか上手《うま》く載せる事ができたようだ。

「……」

「落としちゃ駄目《だめ》だよ？　クシャミも我慢してね？　落としたら服が燃えちゃうからさ。あ、そしたら、またお水、たっぷりたっぷりかけてあげるから、安心してね？」

男の頭が微動だにしなくなったのを確認し、ミミズは再び想像する。

ケーキの甘《あま》い匂《にお》いを嗅《か》ぎながら、麻袋の中にある端正《たんせい》な顔立ちが、いかなる屈辱《くつじょく》に——あるいは恐怖に——あるいは怒りに歪《ゆが》んでいるのだろうと。

全身が震《ふる》え出しそうになる興奮《こうふん》を、炎《ほのお》を眺《なが》める事によって自己催眠《さいみん》的に抑《おさ》え付ける。

そして、何事も無かったかのように言葉を続ける。

「じゃあ、話の続き、始めよっか？」

「……」

「小学校の時は、児童会の副会長をやってたんだって？　運動会でも凄いヒーローで、自由研究や詩や標語で賞を取る事もしょっちゅうだったんだってね。作文コンクールとか色々と書いてあるけど、私、折原臨也《おりはらいざや》さんの書いた作文、読んでみたいなあ。……今、この状況で、声を出して」

ケラケラと笑い、更《さら》に彼女は続ける。

「それが、不思議だよねえ。高校の時は、そんな模範《もはん》の生徒からはかけ離れた問題児……って いうか、表向きは優等生だったみたいだけど、裏では色々とやってたんだねえ。来神《らいじん》高校は、折原臨也《おりはらいざや》さんが通ってる3年間で、すっごく色々なトラブルがあったんだって？」

「……」

「でも、貴方《あなた》に疑いの目が行く事は殆《ほとん》どなかった。気付いてた教師もいたみたいだけど、結局は停学や退学に一度もなってないんだね」

感心したように頷《うなず》いた後、彼女は再び立ち上がって、麻袋《あさぶくろ》の男の周りを歩きながら、彼を甘《あま》い声で糾弾《きゆうだん》し始める。

「どうして、折原臨也さんはそんなに悪い子になっちゃったのかな？」

「……」

「流石《さすが》にね、私達の雇《やと》ってる情報屋Bさんでも、そこまでは解《わか》らなかったみたい。まあ、そうだよね、そこまで解ったら情報屋っていうかエスパーみたいで気持ち悪いもんね。私達の『オーナー』が、どうして『アンフィスバエナ』を創《つく》っちゃうような悪い人になったのかなって思って、こないだ聞いてみたんだけどさ……やっぱり、解らないって」

ウンウンと頷いた後、両手を広げて天井《てんじよう》を仰《あお》ぐ。

炎《ほのお》に照らされた天井には、ユラユラと赤い光の海が広がっている。

「でも、悪い子になっちゃった時期、っていうのは、大体解るんだよ？」

その光の中を泳ぐように緩《ゆる》やかに歩をすすめ、ミミズは一人の男の名前を口にした。

「岸谷新羅《きしたにしんら》」

僅《わず》かに、炎の波が強く揺らめいたような気がした。

彼女は男の方を振り向く事なく、天井を仰ぎ続ける。

「中学校の時の、クラスメイトの男の子だったんだって？」

「……」

「どうしてそういう事になったのか、までは解らないんだけどさあ……」

「折原臨也さん、その岸谷君をナイフで刺《さ》して、中学の時に補導されてるんだよね？」

そして、時は再び遡《さかのぼ》る。

4章　副部長

夜　川越街道《かわごえかいどう》某所《ぼうしょ》　新羅《しんら》のマンション

『そう言えば……この傷、まだ消えてなかったんだな』

セルティがそう呟《つぶや》いたのは、新羅の包帯《ほうたい》を替え、彼の全身を濡《ぬ》れタオルで拭《ふ》いている時の事だった。

上の寝間着《ねまき》を脱《ぬ》がせたセルティが、新羅の身体《からだ》をマジマジと眺《なが》める。

昨日《きのう》までは新しい傷の方に気を取られて気付いていなかったが、よく見ると、新羅の脇腹に何かの刺《さ》し傷らしき痕《あと》が残されていた。

「ああッ！　セルティに古傷をじっくりと眺められるって、なんだか恥《は》ずかしいけど、同時に嬉《うれ》しさも湧《わ》き上がって、どうしようどうしよう！　どうすればいい⁉　ねえ、セルティ！　僕《ぼく》はどうすればいい⁉」

『じっとしてろ』

そんな文字を綴《つづ》ったPDAを新羅《しんら》に突きつけ、黙々《もくもく》と包帯《ほうたい》替えと汗拭《あせふ》きの作業を続けていくセルティ。

結局、臨也《いざや》の仕事を引き受ける事にした彼女は、連絡《れんらく》があるまで待機《たいき》という事で家に一度戻って来た。

話を聞いた新羅は「絶対に何か企《たくら》んでそうだなあ」と溜息《ためいき》を吐《つ》き、「とにかく、気を付けてね」という類《たぐい》の言葉を何度も何度も口にしていた。

セルティも、あからさまに怪しい依頼だという事は分かっていたが、断るわけにもいかない。どこか釈然《しゃくぜん》としない思いを抱《いだ》きつつ、セルティはとりあえず新羅の養生《ようじょう》を手伝う事に集中していたのだが——

そんな折に、新羅の古傷が気になってしまった。

包帯替えも終わり、セルティが洗濯《せんたく》したパジャマを着せた後、改めて傷について質問する。

『懐《なつ》かしいな。もう10年ぐらい前か？』

「ああ、そうなるね。ついこの間の事のように感じるよ。これじゃ、平均寿命《じゅみょう》を通り越して老《ろう》衰死《すいし》するのもすぐだなあ」

『まだその平均寿命の半分にもいってないクセに、何を言ってるんだか……。しかし、傷っていうのは残るものなんだな……』

デュラハンという『異形《いぎょう》』であるセルティの身体《からだ》は、人間によく似ているものの、やはり違う点はある。

彼女は、少々死ににくい体質をしており、ナイフやメスで斬《き》られても、強い回復能力によって痕跡《こんせき》すら残すことなく回復してしまう。

だから、新羅に残っているそうした『古傷』は、自分と新羅との間にあるひとつの壁のような気がして、セルティの心に妙《みょう》なもやつきを漂《ただよ》わせる。

「ま、一生ものの傷かもね」

そんなセルティの心情を感じ取ったのか、新羅は疵痕《きずあと》など大した事ないというように、パシンと自らの脇腹を叩《たた》いて見せた。

「うぐッ……」

結局は、叩いた瞬間《しゅんかん》現在の傷にヒビいて呻《うめ》くハメになってしまったのだが。

『大丈夫《だいじょうぶ》か？』

「ああ、大丈夫。セルティが傍《そば》にいてくれるだけで、傷がどんどん治っていく気がするよ」

『その古傷も治ればいいんだけどな』

新羅の気遣《きづか》いに答えるべく、冗談《じょうだん》めいた調子で文字を紡《つむ》ぐ。

だが、ふと気になる事が思い浮かび、新羅に改めて尋《たず》ねてみる。

『しかし、何をすればこんな傷が残るんだ？　確か、同級生の喧嘩《けんか》に巻き込まれたとかいう話だったよな』

「ああ、ナイフでちょっと抉《えぐ》られてさ」

『ナイフ⁉』

あっさりと答えた新羅《しんら》に、セルティはおろおろしながら文字を打った。

『ナイフってお前、それ、ただ事じゃないだろ！　喧嘩《けんか》に巻き込まれたっていうから、てっきり押されて階段から落ちたとかそういう理由の怪我《けが》だと思ってたのに……！』

「あの頃は、セルティと僕《ぼく》の間にはまだ壁があったからねえ」

セルティと新羅が相思相愛《そうしそうあい》となったのは、僅《わず》か一年と数ヶ月前の事だ。

ただ『同居していた』という関係だけで見るならば、20年も続けている間柄《あいだがら》である。

しかし、当時のセルティからすれば、『人間』という似て非なる存在である同居人の息子《むすこ》が怪我をしたという状態であり、気にはなったがそこまで追及する必要性を感じていなかったし、逆に、あまり深入りするものではないだろうという考えすらあった。

「でも、僕はそんなセルティの壁ごと好きだった！」

『いや、そう言ってくれるのは照れるというか実際嬉《うれ》しいんだが、そういう話じゃなくてだな。ナイフってお前、中学生の喧嘩ってレベルじゃないだろう⁉』

「ああ……そっか。そうだねえ、セルティにはまだ、この傷がついた時の事、じっくりと話した事はなかったよね」

『そういえば……そうだな』

――考えて見れば、妙《みょう》な話だ。

――新羅は、小さな頃から私に寄ってきては色々な話をしていた。

――怪我をしていた時期もそれは同じだったのに、傷の理由とかについては不思議と話していなかったな。

新羅という人間の新しい一面に踏み込むような気がして、突っ込んで聞くべきかどうか迷うセルティだったが――

「でもね、この傷については、僕にも色々と複雑な想いがあってさ……。ゴメンよセルティ」

仰向《あおむ》けに寝たまま、申し訳なさそうに目を伏せる新羅。

セルティはそんな同居人の仕草《しぐさ》を見て、あえて理由は聞くまいと決意する。

――そうだよな。

――気にはなるが、新羅の心身に負担を掛けるわけにはいかないしな。

――それに、誰でも話したくない事のひとつやふたつ……。

だが、そんなセルティの自問自答《じもんじとう》を無視する形で、新羅は目を伏せたまま語り出した。

「始まりは、そう、中学校に進級した時の事だったっけか……」

『あ、自分から話すんだ⁉』

♂♀

12年前　来神《らいじん》中学校　1年3組

「君さ、生物部入らない？　っていうか創《つく》らない？」

「悪いけど、興味無いね」

眼鏡《めがね》をかけた少年の問いに、別の少年が素《そ》っ気《け》ない調子で答える。

それが、岸谷新羅《きしたにしんら》と折原臨也《おりはらいざや》が交わした初めての会話だった。

入学式が終わった後、自己紹介《しょうかい》を含めたHRが済んだ教室内。

解散した後、それぞれ同じ小学校だった友人同士などで固まって話したりしている、新たな学園生活に対する期待と不安が交錯《こうさく》した空気の中、その二人だけはどこか異質な空気を漂《ただよ》わせていた。

来神小学校出身の生徒は何人かいるのだが、折原臨也の許《もと》に駆《か》け寄って会話しようという者はいない。

臨也は、それを別段寂《さび》しいとも思わなかったし、当然のことだとも思っていた。

確かに彼は、優等生だった。

だが、あくまで優等生というだけで、必ずしも模範《もはん》的な生徒というわけではなかった。

表面上は優しく、女子などにも人気はあったのだが——本人は、必ず一歩引いた態度で全《すべ》ての学校生活に触《ふ》れていた。

小学校時代の同級生は、後に彼を評して『なんだか宇宙人《うちゅうじん》みたいな感じだった。良い奴《いやつ》だけどさ』と笑いながら言った。実際、そういった印象を持つ者は多く、必ず『良い奴だけれど』という前置きが着く所が、確かに優等生らしいといえばらしい所だったかもしれない。

男女から嫌《きら》われていたわけではないが、好かれていたというわけでもない。

昼休みなど、他《ほか》の生徒達が教室で雑談したり、校庭でキックベースなどに興じている時でも、臨也は決まって図書室に居たため、自ら進んで孤立していたという印象すら与えていた。

修学旅行などの班分けで、必ずと言っていいほど『余った一人』になるにも関わらず——それが判明した途端《とたん》、全《すべ》ての班から『えッ、臨也一人なの⁉　じゃあうちの班に来てよ！』『いや、こっちに入れよ！』と、ジャンケンで取り合いになる。そんな奇妙《きみょう》な存在が、小学生時代の折原臨也だった。

そして、臨也自身もまた、周囲から一歩離れた状態を好いていた。

自分が優等生と呼ばれている自覚はあった。

だが、周囲の人間達をバカにしたり、見下《みくだ》していたという事は決してない。

彼は、学校という集団生活の場が好きだった。

周りの級友達が、仲良く談笑していたり、喧嘩《けんか》をしていたり、こっそりと虐《いじ》めの相談をしたり、そのターゲットとなって泣いていたり――そんな、様々な状況を見るのが好きだったのだ。

だが、深く関わると、その分だけ見えるものが減ってしまう。

映画館に座るときに、後ろの方で映像全体から客席の雰囲気《ふんいき》までも味わうか、あるいは一番前に座り、見えにくかろうが迫力ある映像の中に自分をとけこませるか、という二種類のケースを分けた時に、小学生当時の臨也《いざや》は、迷わず前者を選ぶタイプの人間だった。

なので、こうした状況で孤立している事も、臨也にとっては寧ろ望《むし》ましい事であり、教室の中でどういったグループ分けが進んでいるのかを楽しげに観察していたのだが――

そんな彼の楽しみを邪魔《じゃま》したのが、眼鏡《めがね》をかけて無邪気《むじゃき》に笑う少年だった。

自己紹介《しょうかい》の時に、岸谷新羅《きしたにしんら》と名乗った少年。

『父《とう》さんが母《かあ》さんに愛想《あいそ》をつかされて離婚しちゃって、今は父さんと三人暮らしです』と、爽《さわ》やかにヘビーな家庭環境を語っていたのが印象に残っている。

――母親が離婚して三人、って事は、兄弟でもいるのか。

そんな事を考えつつ、臨也は教室全体の観察に戻ろうとしたのだが――

「興味なくてもいいからさ。創《つく》ろうよ生物部」

「……」

全くめげる事なく話しかけてくる少年の事を、臨也は少々ウザッたいと思った。

そして、自分が他人にそんな事を思うなんて珍《めずら》しいと感じ、逆に岸谷新羅という少年に興味を持った。

「岸谷君だったよね」

「新羅でいいよ。……えーと、ゴメン、名前なんだっけ？」

「……折原《おりはら》臨也だよ」

「ああ、そうそう！　折原君ね！　俺《おれ》は折原君って呼ぶけど、君は新羅でいいよ」

妙《みょう》な方向に自分勝手な事を言い出す新羅に対し、臨也は呆《あき》れつつも言葉を返す。

「名前も知らない相手に、なんで生物部を創ろうなんて声をかけたのさ」

「さっき先生が言ってたからだよ。この学校、二人以上いれば部活が創れるってさ」

「いや、だから、なんで俺なの？」

恐らく、教室内で孤立してる自分を見て声をかけてきたのだろう。

だが、それをストレートには言えないに違いない。

相手がどんな答えを返すのか興味を持ち、敢《あ》えて答えの分かりきった問いをぶつけてみたのだが――

返ってきたのは、臨也の想像を超える答えだった。

「君、生き物の観察とか好きなんだろ？　生物部向きだよ」

「は？」

先刻の自己紹介《しょうかい》の時に、そんな事を言った覚えはない。

誰かと間違えているのではないかと一瞬《いっしゅん》考えたが、『生き物が好きです』という類《たぐい》の自己紹《しょう》介《かい》をした生徒は一人も存在していなかった筈《はず》だ。

眉《まゆ》を顰《ひそ》める臨也《いざや》に、新羅《しんら》は逆に尋《たず》ねてくる。

「あれ？　自己紹介の時、言ってたよね」

「何を？」

「ほら、『色々な職業の人間を見るのが、、、、、、、、、、、、、、、好きです』って」

「……」

自分は、人間を見るのが好きだ。

人間観察というのが趣味だというのは自覚していたが、自己紹介で『趣味は人間観察です』などと言っても悪目立ちするだけだと思い、他《ほか》に趣味らしい趣味もないのであした言い方をしたのだが、まさかそこから『生物部に入れ』などと言う者がいるとは思わなかった。

「なんで、それが生物部に繋《つな》がるのかな？」

「人間だって生物じゃん」

「……」

あまりにもあっさりと『人間も生物だ』と言い切る少年に、臨也は再度興味を持った。確かに『人間も地球上の生物のひとつだ』というのは、エコが叫ばれる最近はよく聞かれる言葉だし、そのフレーズが好きだという同級生は他にもいるだろう。

だが、生物部の観察対象としてその台詞《せりふ》を持ち出す者は、あきらかに何かがおかしい。

臨也は少し迷った挙げ句、目の前の少年に対して首を振った。

「悪いけど、やっぱり生物部には興味ないな」

「なるほど、じゃあしょうがないや」

あまりにもあっさり引き下がったので、臨也は少々拍子抜《ひょうしぬ》けした。

「また明日《あした》頼む事にするよ。部活申請《しんせい》に期限とかはないみたいだし」

「ちょっと待て。明日来られても答えは一緒《いっしょ》だとか思わないのか？」

引き留めてまで尋ねたのは、単なるツッコミというわけでもない。

好奇心《こうきしん》の他《ほか》に、妙《みょう》な『違和感』がある。

それがなんなのかを確かめたくて問いかけたのだが——この時の臨也には、まだその違和感の正体に気付く事ができなかった。

「明後日《あさって》ならどうかな」

「同じだろ」

「頼むよ。君が部長でいいから」

「なんで面倒《めんどう》なポジションを押しつけるんだ？」

冷静に相手の言葉にツッコミを返す臨也《いざや》。初対面とは思えない言葉の応酬《おうしゅう》だが、そもそも臨也が誰かとこうした掛け合いをする事自体が珍《めずら》しい事だった。

「そもそも、俺《おれ》以外の誰かを誘《さそ》えばいいじゃないか。小学校の頃の友達とかさ」

すると新羅《しんら》は、キョトンとした目で答えた。

「僕《ぼく》が友達いるように見える？」

「……悪かった。確かにいなさそうだ」

「残念でした！　実は一人います！」

「んー。殴《なぐ》ってもいいのかな？」

目を細めながら言う臨也の言葉を無視し、彼は静かに言った。

「いや、でも、その友達は別の学校なんだよね。だから、結局この学校に友達はいないんだ」

「これからもできなさそうだな。御愁傷様《ごしゅうしょうさま》。いや、自業自得《じごうじとく》かな？」

そんな言葉がスラスラと出てくる自分に、臨也は少なからず驚いた。

小学生の時まで通してきた『他人とはつかず離れず』というスタンスが、こうもあっさりと崩《くず》れてしまうとは思っていなかったからだ。

他《ほか》の小学校の生徒はみんなこんな感じなのかと思うと気が滅入りそうだったが、恐らく目の前の岸谷《きしたに》という少年が特別なのだろうと自分に言い聞かせる。

「まあ、でも、生物が好きな奴《やつ》なら、一人ぐらい居るんじゃないか？」

「うーん。でもなあ、君に声をかけた理由のひとつでもあるんだけどさ、本当に生物が好きな人を引き込んで、あんまりにやる気になられても困るんだよね。できる事なら、最低限の活動で済ませたいというか、シーモンキーだけを飼《か》うぐらいの感じで」

「？　なんだよ。生物が好きなわけじゃないのか？」

この学校は部活動が必須《ひっす》というわけではない。やる気がないのならば帰宅部になれば良いだけの話なのに、一体何故《なぜ》彼は部活にこだわるのだろうか？

当然ながらそんな疑問が浮かぶが、尋《たず》ねようとする前に新羅の口から答えが吐《は》き出された。

「いや、正直、部活自体やりたくないんだけどさ……。好きな人から、『小学校の時から思ってたが、新羅は友達とか少なすぎだ。部活ぐらいやったらどうだ』って言われちゃって……。まだ僕の片想いだからさ、嫌《きら》われたくない、っていうか……」

「……君の片想い以上に、君なんかをそんなに心配する人間がいるとは思わなかったよ」

「初対面でグイグイ本音を吐き出してくるね。それに、今の『心配する人間がいる』って言葉にはひとつ訂正《ていせい》したい所があるんだけど、ああ、それはまあいいや。とにかく、君なら生物部になっても、そこそこやる気の無さそうな感じでやってくれそうだと思うんだ。頼むよ、二人でツチノコとか探そうじゃないか」

「それ、生物部の活動じゃないよね？」

そんな調子で、入学式の日はばっさりと断った臨也《いざや》だったが——

岸谷新羅《きしたにしんら》という人間の持つ違和感の正体が気になり、翌日から重点的に彼の事を『観察』する事にした。

更《さら》に、自然な感じで新羅と同じ小学校だった生徒と接触《せっしょく》し、彼の人となりを探ってみる事にした。


「へえ、その小学校だと……あれかな、岸谷君と同じ学校だっけ？」

「ああ、そうそう。あ、折原《おりはら》君て、岸谷と同じクラスなん？」

「まあね」

「あいつ、変な奴《やつ》でしょ？　何考えてるか全然解《わか》らないっつーか」

ほぼ想像通りの答えが返ってきたが、気にせずに話を続ける。

「悪口になっちゃいそうだからあんまり言いたくないけど、友達とか少なそうだよね」

「ていうか、一人もいな……あ、シズちゃんがいたな」

「シズちゃん？」

女性名だろうか。もしかしたら、先日言っていた『新羅の事を心配してくれる人間』かもしれない。臨也はそう考えた。

しかし、そうではないという事は、直後の少年の言葉で理解する事ができた。

「シズオっていうおっかない奴がいてさ……。すっげー喧嘩《けんか》強いし、すぐキレるし、みんな近づかないようにしてたんだけど、岸谷だけは平気で近づいて『一度解剖《かいぼう》させてよ』なんて言い出すんだぜ？　マジわけわかんねぇよ」

「なるほどね。確かに」

「でも、そのおっかない奴も、新羅にはまともに話してたな……。でも、マジでおっかないいんだぜ？　なんせ、教卓《きょうたく》とかぶん投げたんだからさ！」

――ぶんなげた？

――ああ、ひっくり返したのを大袈裟《おおげさ》に言ってるんだろう。

「なるほどね、ありがとう。そんな危険な奴、とっとと逮捕《たいほ》されればいいのにねぇ」

臨也は軽く礼を言うと、そのまま廊下《ろうか》を後にした。

その『おっかない奴』と、後に幾度《いくど》となく潰《つぶ》し合いをする事になるとは夢にも思わずに。

その後も、彼は小学校の時と同じような生活を続けつつ、岸谷新羅という人間を注視していたのだが――

ある日、唐突《とうとつ》に気が付いた。

何かきっかけがあったわけではない。
忘れ物に気付いた瞬間《しゅんかん》のように、本当に唐突《とうとつ》に頭の中に閃《ひらめ》いたのだ。

岸谷新羅《きしたにしんら》は、自分とは逆の存在だと。
彼は、殆《ほとん》どの人間を見ていない。
極論を言ってしまうなら、岸谷新羅は人間自体に興味がないように思えた。
自分が、あらゆる人間を見るのが好きだという事と同じように——
彼は、人間そのものに興味がないのだと。
——なら、なんだ？
——あいつは、何を見て生きてるんだ？
人間を観察し続けてきた彼が、初めて見つけた人間の『特異点』。
その事実に気付き、新たに生まれた疑問が臨也《いざや》の脳髄《のうずい》に刻み込まれ——
入学式から一ヶ月以上経《た》った時点で、彼は岸谷新羅にこう告げた。
「生物部、副部長でよければやってあげてもいいけど？」
岸谷新羅が、何故《なぜ》人間に興味がないのかを知りたい。

そんな歪《ゆが》んだ情熱を胸に秘めたまま——

来神《らいじん》中学初《はつ》の生物部が、いよいよ誕生する事となったのである。

♂♀

12年後　池袋《いけぶくろ》　来良学園プール内

「ってなわけでさー、イザ兄《にい》……私達の兄貴が、またなんかやらかしてるらしいんだよね」

「……　呆《ほんとにもう》　……」

夏休み中、生徒に開放されている来良学園のプール。

プールサイドに腰掛《こしか》け、輝く水面に足をゆっくりとばたつかせながら、二人の少女がそんな事を呟《つぶや》いていた。

一方、呟かれた相手——少女達の後ろの壁に寄りかかった少年は、二人の背とその他《ほか》の場所に視界を往復させつつ、溜息《ためいき》混じりに問いかける。

「……それを俺《おれ》に言って、どうしようってのさ」

普段、帝人《みかど》などに語りかけるよりもフランクな口調《くちょう》で喋《しゃべ》る少年——黒沼青葉《くろぬまあおば》は、困ったように言葉を続けた。

「そもそも、なんで俺、プールに呼び出されてるの？」

泳ぐつもりはないのか、水着に着替えているものの、前開きした黒いカーターシャツを上に羽織っており、水に濡《ぬ》れない所を選んで立っているような状況だ。

と、そんな彼の足元に、手で掬《すく》った水をピシャリと投げる折原舞流《おりはらまいる》。

彼女は適度に鍛《きた》えられた身体《からだ》を競泳用水着に収めており、横に並ぶ九瑠璃《くるり》は、蜘蛛《くも》の巣柄《すがら》がプリントされたビキニの水着を着用している。

どちらも学校指定のものではないが、授業外においては、特にそれを禁止する規則もない。

来良学園は、ちょっとした大学を思わせる八階建ての校舎を持ち、その六階部分にプールが存在するという変わった構造をしている。雨の日でも授業ができるように、ガラス製の天井《てんじょう》を用いた屋内プールとなっていて、壁の窓からは池袋の様子を眺《なが》める事ができる。

夏休み中は、水泳部の活動時間を除いて生徒に開放されており、学生証を見せれば誰でも利用する事が可能だった。

今日《きょう》は水泳部の活動は無いらしく、一般生徒達は競泳用にコース分けされた部分と自由に遊泳できるスペースに分かれ、様々な形でプールを利用している状態だ。

九瑠璃と舞流が座って足をばたつかせていたのは当然遊泳側であり、傍《そば》で遊んでいた男子達が、二人の水着を見ては口笛《くちぶえ》を吹いてからかったり、一瞬《いっしゅん》目を向けて慌《あわ》てて目を逸《そ》らしたりといった反応を見せている。

青葉《あおば》はどちらかというと後者に近い反応だったのだが、他《ほか》の男子達と違う所は、彼には彼女達に呼び出されたというアドバンテージがある事だ。

だが、その意図がまだ掴《つか》めず、青葉は同期生の水着姿に悶々《もんもん》とした想いを抱《いだ》きながら、クールを装って少女達の反応を待っている。

と、そんな青葉に向かって更《さら》に水をパシャパシャと掛けながら、舞流《まいる》は楽しそうに微笑《ほほえ》んだ。

「だってさ、黒沼《くろぬま》君だって気になるでしょ？　うちのヘンテコ兄貴の事」

「……」

少女の言葉に、青葉は小さく微笑《ほほえ》み返す。

「なんの事だか解《わか》らない、って答えておくよ」

黒沼青葉にとって、彼女達の兄である折原臨也《おりはらいざや》は、嫌悪《けんお》すべき『敵《てき》』の一人だ。

過去にいくつかの事件で臨也と遠回しに対峙《たいじ》する事があり、現在も『とある事案』において明確に敵視を続けている状態である。

その事を九瑠璃《くるり》や舞流に話した事はないのだが、彼女達は何かを掴んでいるようだ。

しかし、青葉はそれを驚異であるとも、恐怖《きょうふ》すべき事案であるとも感じていない。

まだこの双子《ふたご》と話すようになって4ケ月ほどだが、彼女達が如何《いか》なる存在であるかは良く解っているつもりだ。

普通の家庭に比べると兄とは殆《ほとん》ど交流も無い筈《はず》だが、どうやら彼女達は独自の情報網を持っているようで、青葉が踏み込んでいる『街の裏側』の話に驚く程《ほど》精通していたりする。

「隠《かく》す事ないのに。大丈夫《だいじょうぶ》大丈夫。イザ兄《にい》には内緒《ないしょ》にしとくから」

「別に話してもいいよ。向こうも俺《おれ》の事は知ってるわけだし」

そして、声の届く範囲《はんい》に双子の少女しかいない事を確認してから呟《つぶや》いた。

「普通の家族なら、俺がどういう奴《やつ》か知ってたら、九瑠璃ちゃん達に『黒沼青葉には近づくな』って警告とかすると思うんだけどな」

「その言い方、自分に酔《よ》ってない？」

「君《青葉君》……楽《おもしろい》……」

緊張《きんちょう》感の無い双子の物言いに、青葉は再度溜息《ためいき》を吐《つ》きながら苦笑を浮かべる。

「悪かったよ、俺が自分に酔ってました」

「ま、でも、私達、君の本性はちょっとだけ見えてるつもりだけど、それでも別に嫌《きら》いってわけじゃないよ？　青葉君、私達を色々と助けてくれたしね」

「買いかぶりだよ」

「前、来良《らいら》学園の裏サイトでさ、私達を虐《はずかし》めようとしてた子がいたんだけどさ、それが急にパッタリとネットからいなくなっちゃったんだよねー」

上目遣《づか》いで見てくる舞流達に、青葉は目を逸《そ》らしながら話題を変えることにした。

「敵《かな》わないな。……で、君達の変態的なお兄さんが、何に巻き込まれてるって？」

「なんかね、トムさんて人の話だと……カラーギャングか暴走族か良く解《わか》らないんだけど、そういうグループのリーダーさんの彼女に手を出しちゃったんだってさ。イザ兄《にい》、昔っから女の子をたくさん連れて歩いてたからねー。プレイボーイって奴《やつ》？」

「色《女たらしだから》……」

青葉《あおば》は二人から更《さら》に事情を聞いて、暫《しば》し考え込む。

――女絡《がら》みねえ。

――あの折原臨也《おりはらいざや》が、そんなストレートに恨《うら》みを買う真似《まね》をするかな。

――……まあ、女性が絡んだ時、人間がどうなるかは俺《おれ》も良く解《わか》らないからなあ。

――でも、女に目が眩《くら》んで根回しができなくなる奴でもないのは確かだ。

そんな事を考えて悩んでいる間、彼の目の前では艶《なま》めかしい双子《ふたご》の少女がキャッキャウフフと水の中で戯《たわむ》れている。

「クル姉《ねえ》、また胸おっきくなったんじゃない？　そのうち園原先輩《そのはらせんぱい》や美術部の黄根《きね》部長、副会長の弓河《ゆみかわ》先輩みたいになっちゃうのかなー」

「非《やめて》」

「そんなこと言って、ビキニの水着なんか着ちゃうあたり、クル姉ってホントむっつりエロテイカルなお姉ちゃんだよね！　大好き！」

「……公《人前だよ》」

水中で擽《くすぐ》ったりしながらからかい合う二人の少女を見て、青葉《あおば》はクールな表情をしつつも、頬《ほお》を僅《わず》かに染めて目を逸《そ》らす。

「……目のやり場に困るなあ」

童顔に相応《ふさわ》しい幼さを残す態度を取りながら、青葉は胸中に湧《わ》き上がるピンク色のモヤを討《う》ち払《はら》うべく、折原臨也《おりはらいざや》に対する疑念を紐解《ひもと》く作業を再開した。


——さて。


——あいつが、池袋《いけぶくろ》に戻って来た事は分かってる。

——平和島静雄《へいわじましずお》にその住所を教えれば、嫌《いや》がらせぐらいにはなるかもしれないけど……。

——多分、逃げた後に場所を変えて終わりだな。

——下手《へた》に隠《かく》れられるより、俺《おれ》達が居場所を掴《つか》んでる状態の方がいいだろう。

——向こうも、こっちが住所を知ってる事なんかお見通しだろうからね。

相手の能力を信頼する事は、同時に最大限の警戒《けいかい》にもなると、青葉は考えている。

——ちょっと、探《さぐ》りを入れてみるか。

——今の時点で、帝人先輩《みかどせんぱい》が巻き込まれても困るしね……。

そこまで考えた所で、彼の身体《からだ》に思い切り水が浴びせられた。

「冷たあっ!?」

羽織っていたカーターシャツまで濡《ぬ》れ、一瞬《いっしゅん》身体を冷やした冷水がすぐに生《なま》ぬるい温度へと変化していく。

何事かと前を見ると、舞流《まいる》が小学生のように水平チョップで水面ギリギリを薙《な》ぎ払い、水の壁を生みだして青葉へと襲《おそ》いかからせたのだ。

「小学生みたいな真似《まね》を！」

監視《かんし》員の隙《すき》を突いた行動だったようで、特に笛《ふえ》がなる事もない。

「アハハ！　ゴメンゴメン！　プール際《ぎわ》で怖《こわ》い顔してるからさ！」

「ゴメンじゃないよ。この服の生ぬるさ、どうしてくれるのさ、まったく」

そんなに顔に出していただろうかと思いつつ、青葉は濡れた服の文句を言う為《ため》に、一歩舞流へと近づいたのだが――

その背後から、ふにゅり、と何か柔《やわ》らかいものが押しつけられた。

「戯《えいっ》……」

「へ？」

耳元で囁《ささや》かれた、大人《おとな》しくも艶《なま》めかしい少女の声。

それが九瑠璃《くるり》の声だと気付いた瞬間《しゅんかん》、自分が今、彼女に抱《だ》きつかれているのだと気付く。

――え!?　何？　――九瑠璃ちゃん？　いつの間に!?

――じゃあ、この背中の柔らかい感覚、もしかして!?　――これ何てエロゲ？

――ていうか、押されてる？　――え、落ち……

興奮と驚きの入り交じった複雑な表情で、プールへと落下しながら青葉《あおば》が振り返ると――そこには、空気の抜けかけたビーチボールを持った九瑠璃《くるり》が、そのボールを両手に抱《かか》え持つ形で立っていた。

――あ。

――ビーチボール⁉

――今の感触《かんしょく》、九瑠璃ちゃんの胸じゃなかったんだ。

――そりゃ残念ていうか良かったっていうか落ちオゴボフォっ

最後まで思考する事は叶《かな》わず、舞流《まいる》の横へと落下する青葉。

慌《あわ》てて水中から身を起こすと、水中眼鏡《めがね》をかけた少女がケラケラと笑っており、上から九瑠璃の「健……大丈夫《？》」という声が聞こえてきた。

『ほらそこ、ふざけない！』

今度はしっかりと目撃《もくげき》していたようで、監視《かんし》員の声がプールの中に響《ひび》き渡る。

「すいませーん！」

「……謝《ごめんなさい》……」

「あ、すいません……って、俺《おれ》が謝る必要はないんじゃ」

三者三様の謝り方をした後、青葉は完全に水浸《びた》しとなったシャツを脱《ぬ》いでプールサイドに置き、半目で九瑠璃と舞流を睨《ね》め付けた。

「全く、九瑠璃ちゃんはこういう真似《まね》しないキャラだと思ってたのに」

「悪戯《いたずら》する時は、二人一緒《いっしょ》だもんね」

「同……ねー」

「もしかして九瑠璃ちゃん、プールと夏休みでテンション上がってる？」

青葉の疑問に答える代わりに、九瑠璃も水中に降り、妹と二人で水着姿となった青葉を取り囲む。

「ちょ、上がる、上がるよ俺」

少女二人に挟《はさ》まれるという状況に耐えかねたのか、青葉はプールサイドによじ登ろうとしたのだが、その手を両サイドから二人に掴《つか》まれ、再び水中に引き戻された。

「本当は嬉《うれ》しいクセにー、黒沼《くろぬま》君ったら、かっこつけムッツリさんだよねー」

「……好《かわいい》」

ひ弱な少年が女子に虐《はずかし》められているようにも見える光景を見て、プールサイドを通りかかったクラスメイトの男子達が羨《うらや》ましそうに声をあげる。

「おいおい、なんだよ青葉、お前、マジでその二人と付き合ってんの？」

「遊ばれてるだけだろ」

「黒沼に女と付き合う度胸なんかねえって」

嫉妬《しっと》と羨望《せんぼう》を隠《かく》す為《ため》に、青葉《あおば》を小馬鹿にする事で平静を保とうとする男子達。彼らに当然恋人はいない。

しかし、実際その通りなので、青葉としては言い返す言葉もない。

『ブルースクウェア』という組織を造り上げ、帝人に取り入り、ダラーズを使って何かを画策《かくさく》する悪漢《あっかん》だったが——女性とは友達としても付き合った経験は殆《ほとん》どなく、この双子《ふたご》の前では完全に調子を狂わされているというのが現状だ。

もっとも、そうした青葉の裏の顔を知らないクラスメイト達からすれば、『ヘタレのクセに、双子の美少女と仲の良い羨《うらや》ましい奴《やつ》』というイメージしか湧《わ》き上がらないのだが。

言い返せずにいる青葉を余所《よそ》に、クラスメイト達は雑談を続けていく。

「つか、マジで羨ましいなこの野郎《やろう》」

「俺《おれ》らもこれからどっかナンパいかね？」

「そういや去年、街でナンパしまくってる来良《らいら》の先輩《せんぱい》が居たって聞いたんだけどなあ」

「ああ、俺、中坊《ちゅうぼう》の時によく見かけたぜ。でも、なんか学校やめたらしいぞ」

「マジで？」

「なんでも、女と駆《か》け落ちしたとかなんとか」

「いや、結婚資金《けっこん》を貯《た》める為《ため》に就職したって聞いたぜ？」

「どっちにしろ、羨ましいよなあ。女がいるって」

「……悲しくなってきた」

もはや青葉からは興味が逸《そ》れたようで、彼らは落ち込みながら更衣室《こういしつ》の方へと歩いていく。

そんな級友達を見送った後、青葉は顔面を水につけ、水中で大きな大きな溜息《ためいき》を吐《は》き出し、頭と心を同時に冷やす。

左右にいる少女達に、自分の内に宿る悪意まで溶《と》かされてしまわぬように。

♂♀

都内某所《ぼうしょ》

『……というわけでさ、参ったよ。二人ともマジで可愛《かわい》いくてさ。このまま全《すべ》てがどうでも良くなって九瑠璃《くるり》ちゃんの胸に飛び込む所だった』

「……殺す！」

電話口から語られる青葉の声に、長身の少年が歯をギリギリと軋《きし》ませながら、そう叫んだ。

だが、電話から聞こえて来る青葉の声は、冷静そのものといった印象だ。

『ヨシキリの「殺す」は聞き飽《あ》きたよ。大体、あの二人の本命は羽島幽平《はねじまゆうへい》なんだぜ？　それもファンとかじゃなくて、本気で狙《ねら》ってるみたいだ。そりゃ、知り合いの弟となれば、自分達に可能性があるかもって思っちゃうよな』

「青葉《あおば》テメエ……俺《おれ》にモテ男の代表格みてえなアイドルの名前を出すのは、そりゃイヤミか？イヤミなんだな？」

『お前のモテ男への怒りは、折原臨也《おりはらいざや》を潰《つぶ》す時にとっておけよ』

「その折原臨也ってのは、本当にモテ男なんだろうな」

『高校時代から、何人も信者みたいな取り巻きの女の子に囲まれてて、しかも九瑠璃《くるり》ちゃんと舞流《まいる》ちゃんに「お兄《にい》ちゃん」だの「イザ兄」だの呼ばれてるんだぜ？』

「……よし、解《わか》った。その双子《ふたご》にプールで水かけられてキャッキャウフフしてたテメエも一緒《いっしょ》にぶち殺す」

『俺をぶち殺すのは確定なんだ』

携帯電話の向こうから失笑が漏《も》れ、それがヨシキリと呼ばれた少年を余計苛立《いらだ》たせた。

「で、テメエは死にたくて俺を怒らせようとしてんのか？　その為《ため》にわざわざ俺に電話してきやがったんだな、そうなんだな、ああ？」

『そうじゃないって。九瑠璃ちゃん達と飯食った後さ、俺も独自に臨也が揉《も》めてるっていう件について調べてみたんだ』

「飯!?　女子二人と、メ、シ!?」

『話のポイントそこじゃないだろ。いいから聞けって。都内で、「ヘヴンスレイヴ」っていう妙《みょう》な薬を売りさばいてる連中がいるんだ。粟楠会《あわくすかい》と揉《も》めてる連中がね』

「……聞いたことねえ。で、何食ったんだよ」

『露西亜寿司《ロシアずし》だよ。……池袋《いけぶくろ》じゃ、そのヘヴンスレイヴは出回ってないから知らないのも当然さ。池袋は基本的に治安はいいし、そういうのが出回りそうな場所のケツモチやってる粟楠会の赤林《あかばやし》っていう人が、有名なクスリ嫌《ぎら》いらしいからさ』

「なるほど。で、お前は二人の女の子に奢《おご》ってテンションがハイになってクスリ要《い》らずでトリップ中ってわけか。御機嫌《ごきげん》だなコラ」

『いや、奢って貰《もら》ったよ。なんか二人ともお金持っててさ』

「オゴッテモラッタ！　へえええええええ！　割り勘《かん》ならまだしも、女の子二人に寿司を奢って貰うなんて、とんだヒモ野郎《やろう》だなテメエ！　オゴッテモラッタですか！　しかもそれを堂々と俺に言うか！　ヘエエエエエエエエエエエエ！　殺す！　死ね！」

『解《わか》った解った。で、その「ヘヴンスレイヴ」ってのは、クスリの名前でもあるし、同時にそれを配ってる売人グループの名前らしいんだ。これは推測だけどね。ともかく、その連中が、どうやら折原臨也について探《さぐ》ってるらしい』

「……なんでそんな事が解んだ？」

『そいつらが今アジト代わりにしてるナイトクラブに、昔からの知り合いがいてね……。臨也について調べてたら、たまたまそいつが知ってたよ。クラブの個室に屯《たむろ》してる連中が、ホールにシャシャリ出てきて折原臨也《おりはらいざや》について嗅《か》ぎ回ってるってね』

「ちょい待てよ。青葉《あおば》なんかにヤサが割れてるぐらいだ。粟楠《あわくす》のヤーさん連中なんかもうとっくに気付いてんじゃねえか？　なんでまだ潰《つぶ》されてねえんだ？　それとも、どっか別の組がケツモチでもやってんのか？」

『他《ほか》の組については解《わか》らないけど、粟楠会もタイミングを見計らってるんじゃないかな。メンバーの中に、四十万《しじま》って奴《やつ》がいるんだけど……その大学生の親が、結構な金と地位を持ってる権力者さんらしくてね。それに、組織のリーダーについては殆《ほとん》ど情報が出てない感じらしいし。その四十万とか周りの連中を攫《さら》って吐《は》かせれば楽に解るんだろうけど、手を出すにも効果的なタイミングって奴《やつ》を狙《ねら》ってるんじゃないかな』

「なるほどなあ、で、俺《おれ》らは関わるのか？」

『今は様子見だね。折原臨也がどう関わるのかは知らないけど、今はこっちの地盤《じばん》固めに徹《てっ》した方がよさそうだ。もちろん、無視するわけにもいかないから全力で様子見はするけどさ』

「そうか、死ね」

『もう意味もなく死ねとか言ってるだろヨシキリ……。まあいいさ。とにかく、最近妙《みょう》な動きがあるのは確かだ。聞いた話じゃ、黄巾賊の残党が、、、、、、妙な動きをしてるって話も聞くしね』

「お前の兄貴がなんかやってんじゃねえか？」

『いや……昔のブルースクウェアから潜入《せんにゅう》した連中じゃなくて……うちと揉《も》めてた頃の連中の事さ』

「ほー。あいつらね。俺らがまだ中二とか中一の頃だったよな。しかもほぼ負け無しと来た』

『あの頃からヨシキリは高校生に混じって喧嘩《けんか》してたよな」

「つーか、俺より年上なのに弱いって方がありえねぇよ。年功序列《ねんこうじょれつ》ってのは都市伝説かよ」

『年功序列はそういう意味で使う言葉じゃないよ。っていうか、ヨシキリが年功序列なんて言葉を知ってる事に驚いた。誰に聞いたの？　お婆《ばあ》ちゃん？』

「……殺す！」

『だんだん殺すって言葉が安くなってきてるよ、ヨシキリ。もう慣れたから怖《こわ》くないっていうか……。正直、ヨシキリってボキャブラリー少なくない？　「殺す」と「年功序列」しか日本《にほん》語知らないのか？』

「……～～～～～っ！」

　携帯電話をギチギチと音鳴りするほど握《にぎ》りしめ、ヨシキリは声にならぬ叫びをあげる。

　すると、そんな彼に、遠くから声をかける少年が一人。

「おーい、ヨシキリー、電話、こっちにパース」

「……」

「こっちは済んだ。あとはそいつ、いつ、だけ、だから、よ」

するとヨシキリはギリ、と歯軋《はぎし》りをした後、携帯電話を声の主に投げ渡し――

直後、横から迫ってきた金属バットを反対側の手で受け止めた。

「もしもし？　俺《おれ》だよオレオレ。金振り込んでよ」

軽薄《けいはく》な調子の男の声に、電話の向こうにいる青葉《あおば》が淡々《たんたん》と答える。

『ああ、ギンか。ヨシキリは？』

「いま、最後の一人をぶっちめてる」

ギンと呼ばれた少年の視線の先では、ヨシキリが不良っぽい男の前歯に靴《くつ》の踵《かかと》を叩《たた》き込んでいる所だった。

「あいつ、超器用だよな。なんで電話しながら喧嘩《さら》できんだ？」

ギンが視線を向けると、ヨシキリの周りには更に複数の男達が転がっており、意識を失うか、あるいは痛みに呻《うめ》き続けている。どうやら彼は、ずっと青葉と電話しながら、片手と両足、頭《ず》突《つ》きのみで複数の男達を相手にしていたようだ。

「ったく、こっちは三人片付けるのに手一杯だったってのによ。ま、俺もあいつも、こないだのストーカー退治の現場に間に合わなかったからなー。ストーカー一人にブルースクウェアのメンバーが何人もやられたなんて、恥《はじ》だぜ、恥」

『そう言うなって。ありゃ、ストーカーが予想以上に強すぎた。それより、別口でメンバーを二人やった黄巾賊《こうきんぞく》の奴《やつ》の方が気になるけどな』

「ま、そっちも二人がかりで負けてんだから恥《は》ずいよな。身内の恥は俺らの恥だろ？　超恥ずかしいから、今日《きょう》は気合い入れたよ、俺もヨシキリも。でもよ、今日は喧嘩《けんか》強い奴集めたっつーから楽勝かと思ったらよ、ニタリ兄弟は見たいアニメがあるとか言って来ねえし、ネコは女のとこだし、宝城《ほうじょう》は寝てるし、実質二人でこいつらをぶっちめるハメになったんだぜ？」

ギンの足元にも数人の男が倒れているが、彼も頭に傷を負っており、こめかみから一筋の血が垂《た》れ落ちている。

その血に汚《よご》れた携帯電話から、青葉の声は空気を読まずに響《ひび》き続けた。

『でもまあ、ヨシキリは喧嘩は器用だけど、頭は器用じゃないよな。電話の内容、殆《ほとん》ど「殺す」ばっかりだったんだからさあ』

「何だそりゃ。青葉、お前、ナニ言ったんだよ」

『俺が九瑠璃《くるり》ちゃんと舞流《まいる》ちゃんとプールに行った話』

「死ねよお前。マジで死ねよお前。つーか、なんでテメエがここに来てねえんだよ！」

ストレートで返すギンに、青葉は笑いながら呟《つぶや》いた。

『いつかは死ぬよ。人間だからね。できれば80までは生きたいけど』

「あと80秒も生きるのお前？　マジウゼェ」

『ブルースクウ《う》エア《ち》のメンバーはどうしてこう口が悪い奴《やつ》ばっかりなのかな』

「連《つる》む相手がいるだけマシと思えや。お前みてえな悪党、俺《おれ》達がいなきゃ単なる寂しがって犯罪とかに走る厭《いや》な奴で一生を終えるんだからな！」

悪態をつくギンをからかうように、青葉《あおば》が答える。

『学校では猫被《ねこかぶ》ってるから、割と友達いるよ』

「なるほど。よく解《わか》った。死ね。英語で言うと、S、H、I、N、Eだ！」

『ローマ字じゃん。SHINEて、輝いてどうするんだよ』

「体内で核融合《かくゆうごう》を起こして輝き死ねっつってんだよ。灰になれバーカバーカ」

ギンは小学生じみた悪態を繰《く》り返し始め、これはきりがないと感じたのか、青葉はやや真剣な調子になって本題を切り出した。

『……で、どう？　帝人先輩は元気？』

「おお。生きてるよ。つか、あの人マジで喧嘩《けんか》弱ぇな。気絶してっから、車ん中で寝かせてる。お前や八房《やつふさ》といい勝負なんじゃね？　なのに、わざわざダラーズの『粛清《しゆくせい》』に面出《つら》すなんてわけわかんねえっての。御輿《みこし》は御輿らしく後ろでヘラヘラしてりゃいいのによ」

『いやあ、喧嘩しても敵《かな》う気がしないね』

楽しそうに笑いつつ、青葉は半分独り言《ごと》のように呟《つぶや》く。

『帝人先輩《みかどせんぱい》がどんな風になっちゃうのか……俺にも予想はつかないんだからさ』

♂♀

電話を切った後、青葉は自分の右手の平にある疵痕《きずあと》を眺《なが》めながら呟いた。

「本当に、どうなるのか楽しみだなあ、帝人先輩」

同時に、少し前にギンに言われた事を思い出す。

「……連む相手がいなければ、か。考えたくもないな」

頭の中に浮かぶのは、好意を抱《いだ》く双子《ふたご》の兄である――敵意《てきい》しか抱く事のできない男。

「あの糞野郎《くそやろう》みたいには、なりたくないからね」

目を細めたまま携帯電話をしまった後、ふと、考える。

――連む相手と言えば、あの闇医者《やみ》、臨也《いざや》とはどういう関係だったんだろう。

首無しライダーと接触《せっしょく》した際、青葉の首にメスを突きつけてきた危険な匂《にお》いのする白衣の男。

――『君は、臨也にそっくりだな』

そんな事を言っていた男の顔を思い出しながら。青葉は暫《しば》し考え込む。

――……。

──単純な友達……というわけじゃないよな。

気になって、彼も調べた事はある。

だが、出てきた結果は──

中学校時代に、折原臨也《おりはらいざや》が闇医者《やみ》──岸谷新羅《きしたにしんら》の腹を刺《さ》して重傷を負わせたという記録だ。

──普通に考えれば、恨《うら》む相手か、敵《てき》……。

──でも、高校でも一緒《いっしょ》だったという噂《うわさ》もあるし……。


──本当に、どういう関係なんだ？

♂♀

12年前　夏休み　来神《らいじん》中学　生物室

「いやー、君には期待してるよ、副部長！」

ニコニコと笑いながら肩《かた》を叩《たた》く新羅に、臨也は苦笑を浮かべながら言葉を返す。

「要するに、自分は何もする気はない……って事だろ？」

「そんな事はないよ？　応援ぐらいはするさ」

生物室に置かれた回転椅子《いす》に座り、遊具のようにクルリラユルリラと回り続ける新羅。

彼らは、結局生物部を創設し、この生物室を『部室』として割り当てられていた。

部長は新羅、副部長が臨也という割り振りだ。

主な活動は植物栽培《さいばい》なのだが、主に食虫植物の栽培をメインとしている為《ため》、華《はな》やかなイメージからは少し遠く、虫を捕《と》る植物を珍《めずら》しがるか、あるいは気持ち悪がるかのどちらかであり、積極的にその活動に加わろうという者は殆《ほとん》ど見受けられなかった。

もっとも、変わり者が数名創設と同時に入部しており、ローテーションで植物の世話をする為、個人個人の作業は大分軽減されている。もっとも、それが新羅達の目的であるため、食虫植物の中でも特に栽培しやすいものを選んで育てているのだが。

よって、拘束《こうそく》される時間は帰宅部について短く、実際に育っているプランターや花壇《かだん》の植物がある以上、有名無実の部活だと疑われる事も少なかった。

だが、夏休みに入るにあたり、顧問《こもん》から『文化祭に発表の場を作るから、何か展示の企画《きかく》を今の内に進めておけ』と指示された。元々植物の世話の為に学校に通う必要はあったのだが、これは臨也が全《すべ》て引き受けた（もっとも、学校側には全員のローテーションでやっているように報告してあるのだが）。

そして、夏休み初日である今日《きょう》は、部長も含めて話し合いをする事になったのだが、数少ない一般部員達は、初日から学校に来たくなかったのか、臨也か新羅に「お任せします」とだけ終業式に言い残し、今日《きょう》は姿を見せていない。

「他《ほか》の部員はサボリって事は、僕《ぼく》らで勝手に決めちゃっていいって事だしね。で、僕は副部長に全部押しつけるつもりだから、実質君が一人で決めてOKだよ。やったね！」

「そうだねえ。君がこの場で死んだりしたら、その腐敗《ふはい》の経過を観察して文化祭で発表するよ」

言葉だけ聞くと、猟奇《りょうき》殺人犯の台詞《せりふ》に聞こえるが——日本《にほん》で個人が実現する事は不可能だという事を別にすれば、臨也《いざや》の知識の中では、それもれっきとした研究のひとつだった。世の中には、死体を様々な状況に置き、その状態を観察するという研究施設がある。

——ええと、あれは……。

頭の中の記憶《きおく》を辿《たど》ろうとする臨也だったが、そんな彼の手間を省くかのように、新羅《しんら》が頷《うなず》きながら語り始めた。

「ああ、アメリカのテネシー州にある大学の研究施設がやってるよねその実験。死体牧場って渾名《あだな》で呼ばれてる所でしょ？　献体《けんたい》された死体を色々な環境に放置して、腐敗したり虫に食われたりするデータを詳細《しょうさい》に調べて、警察が殺人事件とかの検死で死亡推定時期を特定する手がかりにするんだよね」

ペラペラと口を回す新羅に、臨也は軽く驚きを覚えた。

「……よく知ってるね」

「父《とう》さんがネブラの研究員でさ。晩ご飯の時とか、そういう知識をよく聞かされたんだ」

「食事時にそんな話をされるんじゃ、君の母《かあ》さんが愛想《あいそ》を尽《つ》かして出て行くのも解《わか》るね」

「そっちこそ、よく覚えてるじゃん。僕の自己紹介《しょうかい》」

家族をネタにした皮肉にも、怒る事なくハハ、と楽しげに笑う新羅。

だが、彼は笑顔を貼《は》り付けたまま、奇妙《きみょう》な事を臨也に対して問いかけた。

「でもさ、もしも……腐《くさ》らなかったらどうするんだろう」

「え？」

「死蠟化《しろうか》現象とかじゃなくってさ、本当の意味で死体が腐らなかったら、それは、人として心を通わせる対象になるのかな」

——何をヤバイ事を言い出すんだ？　こいつ。

死体性愛か何かの特殊な趣味でも告白されているのかと思ったが、それはそれで、臨也としては実に興味深い事でもある。

彼は沈黙《ちんもく》を続け、敢《あ》えて新羅の言葉の続きを待った。

一方、新羅の方は、さして重要な告白をするという空気でもなく、淡々《たんたん》とした調子で語り続ける。

「……心臓の鼓動《こどう》が止まってる、凄《すご》く綺麗《きれい》な女の人の死体があったとするよ？」

——やっぱり死体性愛《ネクロフィリア》か……？

そう思い、入学式の時から妙な違和感を感じていた少年が、如何《いか》なる性癖《せいへき》を持っているのかと期待して聞き続けたのだが――

話の続きは、些《いささ》か妙《みょう》な方向に進み出す。

「その死体は、ずっと腐《くさ》らないんだ。ただ、綺麗《きれい》だな、って思う死体がある。でも、死体とは心を通わせる事ができない。好きになったとしても、相手は答えてくれないだろう？　死体なんだから」

「まあ、当たり前だね。妄想力《もうそう》があれば一人で腹話術みたいにやりくりできるだろうけど」

「じゃあ、逆に、その死体が、動いていたとしたらどうだろう？」

「……は？　ゾンビって事かい？」

唐突《とうとつ》な問いに、思わずそう返すが、新羅《しんら》は真剣な顔で首を振る。

「そんな腐りかけのイメージがあるような名前は相応《ふさわ》しくないんだけど……。まあ、一切腐ってないまま、その死体が動いたとしたら……つまり、ただの腐る筈《はず》の死体から、腐らないゾンビになったとしたら……。心を通わせる……すなわち、好きになる事ができるのかな？」

「何を言ってるんだ？」

「そのゾンビが、生きた人間の脳味噌《みそ》や肉を喰らわない、大人《おとな》しいゾンビだとしたら？　そのゾンビが、人の言う事を理解できる、犬ぐらい頭のいいゾンビだったら？　そのゾンビが、優しく微笑《ほほえ》む事のできるゾンビだったら？　そのゾンビが、ただ心臓が止まっているだけで、普通に会話したり冗談《じょうだん》を言い合えるゾンビだったとしたらどうかなあ？」

コツコツと、食虫植物の入ったプランターを叩《たた》きながら言葉を紡《つむ》ぐ『生物部部長』。淡々《たんたん》とした調子で語られる言葉は冗談とも思えず、さりとて真面目《まじめ》に聞くには現実味のなさ過ぎる話だった。

「……腐らないで、綺麗なゾンビで、冗談とか言えるんだったら……それは単に心臓が動かないのに動ける特異体質の人……って感じじゃないかな」

「じゃあ、そのゾンビの上半身が無かったら？　艶《なま》めかしいおへそ周りの腰《こし》をくねらせながら、長い足で紙に文字を書くことによってコミュニケーションを取るゾンビだったら？」

「そりゃ流石《さすが》に人間とは言えなさそうだけど」

相手が何を言いたいのか解《わか》らず、臨也《いざや》は暫《しば》し混乱する。

他者の言動に混乱するという事は滅多に無いのだが、目の前の少年の言葉には妙《みょう》に惑《まど》わされる事が多い。

岸谷《きしたに》新羅という少年は、やはり自分が今まで見て来た人間達とはどこか違う所があるようだ。

それが、ここ数ヶ月で臨也が得た結論だった。

「そんな下半身だけのゾンビに恋をする事は異常かな」

「それこそ、異常と言えるレベルの足フェチならいいんじゃない？」

「なるほど、その発想はなかった」

おお、と感心したように声をあげる新羅だが、臨也からすれば今の皮肉の何に感心されたのかが解《わか》らない。

「人間を愛する事が正常で、それ以外が異常っていうなら、その境目《さかいめ》はどこにあるんだろうね。ああ、犬や猫《ねこ》へのペットに感じる家族愛みたいなものは別としてさ」

「……？」

「生きてるか死んでるかが境目のひとつだとするなら、生きてもいないし、死んでもいない、人ではないんだけれど、どうしようもなく人間っていう存在を好きになったら、それは異常なのか正常なのか……っていう話。どこからが異常で、どこからがまともなんだろうね？　もちろん、人によってその境目は変わるんだろうけど」

と、そこで室内を飛び回っていた蝿《はえ》が食虫植物のプランターへと近づき、ハエトリソウに止まった瞬間《しゅんかん》——開かれていた葉がバクリと閉じられ、蝿の身体《からだ》を緑の檻《おり》に閉じ込めた。

それを見た新羅《しんら》が、どこか遠くを見て、さらに呟《つぶや》く。

「その食虫植物だってさ、人間とテレパシーとかで意思の疎通《そつう》ができたら、お互いにわかり合える事は可能なのかな。恋や友情を感じる事は異常だと思うかい？」

——……。

——本当に、何の話をしているんだ？

冷静な顔を装いつつ、必死に考えた結果——

臨也《いざや》は、ひとつの推測を打ち出した。

——生きてもいなければ死んでもいない……。

——ああ、マンガのキャラクター……か？

——なるほど、アニメの女の子とかにマジ惚《ぼ》れしちゃったとか、そういう相談か？

——それにしては上半身の無いゾンビだのなんだの、妙《みょう》な喩《たと》えだったけど。

「まあ、いいんじゃないかな。植物に名前をつけて可愛《かわい》がる人も多いしね。異性への愛情と同じぐらいに想う人はどのぐらいいるか解らないけど。それで他人を傷つける事がなければ、どんな相手を愛しても問題ないんじゃない？」

実際は、愛の為《ため》に人を傷つける、というシチュエーションを『観察』するのも好きなのだが、そんな本性は隠《かく》し、まっとうなフリをした言葉を吐《は》き出した。

だが、目の前の少年は、そんな彼の想像の更《さら》に斜め上を行く。

「いや、他人を傷つけてでも愛したいんだよ」

「おいおい、何をだよ」

あっさりと言い切った新羅に、臨也は苦笑混じりの溜息《ためいき》を吐きだした。

——岸谷新羅《きしたにしんら》、やっぱりこいつは……。

——こいつは、どこかおかしい。

——彼は、人間を見てない。

——俺《おれ》とは違う。他《ほか》の連中とも違う。

――新羅《しんら》は、人間に興味がないんだ。

――いや、でも、それだけじゃ説明がつかない。

――人間を嫌《きら》っているわけでも、周りの連中を見下してるわけでも、世界を憎《にく》んでいるわけでもない。そういう理由で興味がないんじゃない。

――目に映ってないだけだ。

――何かに夢中になって、人間が単なる背景になっているような感じだ。

――……何だ？

――こいつは、一体何を見ているんだ？

――しかし、その対象がなんなのかが解《わか》らない。

――マンガや映画のキャラ……だったら、まだ解る話だ。そういう奴《やつ》はたまに居るが……。

――どうも、新羅の場合は違うような気がする。

黙《だま》り込んだまま思案を続ける臨也《いざや》に、新羅がヒラヒラと手をフリながら言った。

「……ああ、そんな考え込まないでよ。他人を傷つけても、っていうのは例えばの話さ。それじゃ、観察の件は本当にお願いしちゃっていいのかな。週に一～二回は僕《ぼく》がやるけど」

唐突《とうとつ》に話を変える新羅に、臨也は今の話をより深く追及したいという気分も持ち上がる。だが、他人とはつかず離れず、というのを信条としている臨也は、直接それを聞く事は避けた。

――まあ、時間はあるんだ。

——ゆっくりと、探《さぐ》りを入れればいい。

そして、臨也はいつも通りの涼《すず》やかな笑みを取り戻し、肩《かた》を竦《すく》めながら答える。

「ああ、いいよ。ただ休むだけより、定期的に学校に来た方が落ち着くしね」

「そっかあ。いや、僕はできる限り家にいたいんだけどねえ、家族に『部活はちゃんとやってるのか』って疑われるのも困るからさ」

「それもそうだね。家に持ち帰って世話するには、ちょっと量が多すぎるしな」

生物室の窓際にある大量のプランターを見て、臨也は再度肩を竦めた。

新羅は『何か』を『話しすぎた』と思ったのか、そそくさと帰り支度を始めている。

「じゃ、今日《きょう》は俺《おれ》は帰るよ。金曜日は俺が水やりに来るけど、それまでになにかあったら家に電話してね」

「ああ、それまでせいぜい、生物室の王様を気取らせて貰《もら》うよ」

「革命されないように気を付けてね。臨也って、油断してあっさり民衆に捕まるタイプだと思うからさ」

「酷《ひど》い言い様だ」

——興味が無い癖《くせ》に、妙《みよう》に勘《かん》は鋭い奴だ。

——俺自身も、そんな気はしてるからね。

ネガティブな自己分析をする臨也を余所《よそ》に、新羅はそそくさと教室を出て行った。

まるで、これから楽しみにしていた遠足に行く小学生のような笑顔で。

恐《おそ》らくは、家によほどの楽しみが待っているのだろう。

――変わった奴《やつ》だ。

――これからも、観察を続けていくとしよう。

――だが、近づきすぎるのは危険だな。警戒《けいかい》もしておかないと。

岸谷新羅《きしたにしんら》という人間の異常性を再確認しつつ、臨也《いざや》は天井《てんじょう》を仰《あお》いでニイ、と笑う。

「生物室の王様、か」

自分で言った喩《たと》えを再度口遊《くちずさ》み、彼は小さな声で独り言《ごと》を呟《つぶや》いた。

「これは、俺にとっても都合が良くなってきた」


そして、その一ヶ月後――

生物室の王様は、意外な形でその治世を終わらせる事になる。

部長である岸谷新羅を刺《さ》した罪で、警察に補導されるという――この時点の臨也からは、まるで予想もできなかった事件によって。

♂♀

12年後　楽影《らくえい》ジム

「お兄《にい》さん、なんですか？」

栗楠茜《あわくすあかね》の言葉に、黒い空手着を来た舞流《まいる》が、サンドバッグを蹴《け》り飛ばしつつ答える。

「そうだ……よっ！　と！　昨日《きのう》、茜ちゃん……とっ！　入れ替わり……にっ！　車から降りてきたの……がっとぉ！　うちの兄貴……のぉっ！　折原《おりはら》いざ……やッ！」

言葉の句切りごとに様々な種類の蹴りが打ち込まれ、サンドバッグが重い音を弾《はじ》き出す。

「いざや？」

その名前を聞いて、茜は僅《わず》かに首を傾《かし》げる。

「あれ？　知ってる名前だった？　栗楠の怖《こわ》いお兄さん達がなんか噂《うわさ》してたかな？」

「ううん、知ってる人と同じ名前だったから」

茜の言葉に、舞流は蹴りを止め、揺れるサンドバッグを手で押さえながら更《さら》に問う。

「へえ？　イザヤなんて名前、珍《めずら》しいと思うけど……変装したイザ兄だったりして」

「違います。舞流お姉《ねえ》ちゃんのお兄さんより、もっとガリガリに痩《や》せた人でしたし……。それに、イザヤは名前じゃなくて、名字《みょうじ》だって言ってました」

「そうなんだー。ま、イザ兄じゃないなら安心だよ。イザ兄には近づかない方がいいよ？」

元からそれほど興味の無い話題だったのか、舞流はそれ以上追及する事なく、サンドバッグへの打撃《だげき》トレーニングを再開する。

一方で、茜《あかね》は「イザヤ」という男の事を思い出していた。

ネットで知り合った奈倉《なくら》という女性。その知り合いだという、自分に家出のアドバイスなどをしてくれた男。

平和島静雄《へいわじましずお》について教えてくれたり、スタンガンなどを渡したり、今冷静になって思うと、かなり妙《みよう》な所のある男だった。

だが、父親を含め、粟楠《あわくす》会の関係者にはイザヤについても奈倉についても一切名前を出していない。家出に関わりがあると知れれば、茜の知らない所でどんな目に遭《あ》うか解《わか》らず、そうなったら申し訳がないからだ。

なので、どれほど追及されても奈倉とイザヤの名前は出さなかった茜だが――今では、何か怪しい所があった事ぐらいは気付いている。

――結局、あれから、奈倉さんからもメールとか来なくなっちゃったけど……。

しかし、それでもなお、茜は顔見知りの男女に粟楠会の手が伸びていない事を祈り続けた。

――今頃、どうしてるのかなあ。

♂♀

都内某所《ぼうしょ》　車内

「それじゃ、四木《しき》の兄貴は、あの折原《おりはら》って野郎《やろう》を疑ってるんですか？」

若い運転手の言葉に、後部座席にいた四木が淡々《たんたん》と言葉を返す。

「……なに、予感ってだけだ。確証があるわけじゃない」

「でも、昨日《きのう》、茜お嬢《じょう》と顔合わせても平気な面《つら》してましたし……茜お嬢だって、本当に初対面みたいな感じでしたぜ」

「まあな。仮に、本当にお嬢の家出に関わってたとしても、直接顔を合わせるような真似《まね》はしてないだろうがな。昨日は、本当にお嬢を迎えに行くついでに奴《やつ》を降ろしたってだけだ」

感情を文字通り『押し殺す』ような、圧力の籠《こ》もった声。

四木は自分から考えを話すつもりはないらしく、そのまま口を閉ざす。

運転手の若衆もその空気を読み、微妙《びみょう》に話題を変えた事を問いかける。

「折原の野郎は、『アンフィスバエナ』について何か掴《つか》みますかね？」

「期待はしてない。だが、軽く見てもいない。奴には、俺《おれ》達とは違う情報網《もう》があるのは確かだからな」

「その情報網《もう》って奴《やつ》を、俺《おれ》らが乗っ取る事ぁできないんですか？」

どうしても気になるのか、せっかく話を変えたにも関わらず、再び臨也《いざや》について問いかける運転手。だが、四木《しき》の反応は首を左右に振る動作と、気だるげな言葉だけだった。

「あいつの周りの情報の繋《つな》がりってのが、そんな単純なもんだったらそうしてるさ。そもそも、脅《おど》しにビビるような奴じゃないし、殺したら情報網は消える。上手《うま》く利用するのが一番の正解だ。……いや、二番目かもな」

自分の言葉を否定するように考え込み、運転席の男に警告の意味も籠《こ》めて言い含める。

「……利用するよりも、とっとと始末するのが粟楠《あわくす》会にとって一番かもしれねえが、まだ、答えはでない。それぐらい厄介《やっかい》な奴だと思っておけ」

「四木の兄貴にかかりゃ、簡単に始末できますよ」

「どうかな？　奴は目出井組《本家》とも仕事をしてるって噂《うわさ》があるからな。粟楠会の独断だけでぶち殺すには、それなりの理由が必要になる。例えば、奴の火遊びでお前が死ぬ、とかな」

彼なりの冗談《じょうだん》なのだろうが、言われた運転手は背筋に氷の針を差し込まれたような恐怖《きょうふ》を感じつつ、それ以上臨也について問いかける事はやめた。

一方、四木は暫《しば》し沈黙《ちんもく》し、ゴールデンウィークに起こった事件について考える。

——最大の疑念は、平和島静雄《へいわじましずお》だ。

——あの小僧《こぞう》、何故《なぜ》、うちの組員が殺された現場に来た？

ゴールデンウィーク中、組の若頭《わかがしら》である粟楠幹彌《みきや》が秘密裏に『何でも屋』のスローン＆ヴァローナを雇《やと》い、内通者などを始末したのだが——その現場に何故か平和島静雄が現れ、粟楠会が静雄を追う、という一幕があった。

——スローンの『仕事』について折原《おりはら》臨也が知っていてもおかしくはない……。スローンが口を割らなくても、奴を尾行するなり盗聴《とうちょう》するなりすれば動きは読めるしな。

——そして、粟楠会相手に『仕事』した直後と思しきタイミングで、平和島静雄を現場に誘《おび》き寄せた……。

——……。直後、というより……事前に仕事内容を知ってない限りは無理だろうな。

——やはり、スローンと仕事以外でも繋がりがあった、と考えた方がいいな。

——折原臨也。最後まで信用しちゃならない野郎《やろう》って事は確かだな。

そんな事を考え続ける四木だったが、運転手はその沈黙《ちんもく》の圧力に耐えかねたようだ。

四木の表情をバックミラー越しに窺《うかが》いながら、別の事を問いかける。

「ところで、あっちはどうなんすか。赤林《あかばやし》さんと揉《も》めてる学生連中は」

「ああ……あれは、幹部の学生の身元までは掴《つか》んでる。だが、そのガキの親父《おやじ》と爺《じい》さんが都《と》の有力者でね……その連中を刺激すると、目出井組《めでいぐみ》以外の方々と揉めることになりかねない」

「じゃあ、どうするんです？」

「正直な話、『ヘヴンスレイヴ』をばらまいてる連中と『アンフィスバエナ』が同士討《う》ちにでもなってくれれば、最高の筋書きなんだが……」

四木《しき》はそこまで言った後、続きは敢《あ》えて口にせず、心の中だけで呟《つぶや》いた。

——その筋書きを書くのに、折原臨也《おりはらいざや》に依頼した『アンフィスバエナ』の情報待ち……って事が、不愉快《ふゆかい》といえば不愉快だがな。

♂♀

都内某所《ぼうしょ》　ビル　屋上

「やあ、運び屋。ゆうべも新羅《しんら》とお楽しみだったかな？」

自分が依頼主に不愉快がられているとも知らず、臨也がいつも通りの笑顔を浮かべながらセルティに語りかける。

対するセルティは、苛立《いらだ》ちを隠《かく》さぬ文章をＰＤＡに打ち込んだ。

『人の家の生活を勝手に想像するな。お楽しみってなんだ、お楽しみって』

「やだなあ、君と新羅を仲睦《なかむつ》まじいカップルだと認めてるからこそ、今みたいな発言ができるんだと思ってほしいんだけど」

『そんな事より、聞いたぞ』

「何をかな？」

首を傾《かし》げる事もせぬまま尋《たず》ねる臨也の眼前に、セルティはズイ、とPDAを突きだす。

『新羅の腹の傷について、だ』

「……」

『何もかも、正直に話してくれたよ』

「あいつは本当に、君に対してだけはお喋《しゃべ》りになるな。高校時代にも、一度もその件について誰かに話したりはしてなかったと思うけど」

呆《あき》れたように首を振るが、笑みを崩《くず》していない所を見ると、恐らくはこうなる事を半分予想していたのだろう。セルティは、そんな臨也の笑顔を見て、改めて確信する。

『やはり、お前は信用できない奴《やつ》だ』

「じゃあどうする？　仕事は辞《や》めるかい？」

『いや、それとこれとは話が別だ。過去にどんな事があろうが、一応お前は、新羅の数少ない友達だからな』

「友達か……新羅の奴は、本当に俺やシズちゃんを友達と思ってるのかな？」

クツクツと笑いを含ませながら言う臨也に、セルティが問い返す。

『何を言ってる？』

「彼は、結局人間に興味なんてない。彼がこの広い世界の中で、本当の意味で『見て』るのは君の事だけさ。俺《おれ》やシズちゃんが新羅《しんら》の事を友達だと思おうが、あいつはこっちをロクに見ちゃいないし、最後は君を優先するだろう。多分、俺やシズちゃんと付き合いがいいのは、君が昔言ったことがあるんじゃないかな？　『友達は大事にしろ』とかそういう事をね」

臨也《いざや》の言葉に、セルティは暫《しば》し指を止める。

確かに、昔からそんな事を新羅にちょくちょく言い続けている。

そもそも、新羅は実際、愛を成就《じょうじゅ》させる為《ため》に矢霧《やぎり》製薬に手を貸していたという過去もある。

セルティはそんな事を考えた後、肝心《かんじん》の事を思い出した。

——私と一緒《いっしょ》に居たい、って理由で、私まで騙《だま》す奴《やつ》だからな。

だが、結果として、その嘘《うそ》を暴《あば》いた夜に、セルティの心は完全に新羅に囚《とら》われたのである。

彼女は自分との関係を元に、新羅という人間を思い起こし——溜息《ためいき》をつくような動作で肩《かた》を落とし、ＰＤＡに再び文字を打ち込んでいった。

『……完全に否定はできないな。確かにアイツは、善悪の分別《ふんべつ》をつける奴じゃないし、普通の人間が言う友情をお前や静雄に感じているかというのも疑問だ』

「だろ？」

『だが、そもそも「普通の友情」、というのも、定義できない曖昧《あいまい》なものだろう？』

セルティは、自分でも新羅の特性を理解していたが——

それでも、臨也に新羅の事を悪く言われる事にはハッキリと苛立《いらだ》ちを覚えていた。

『大体、自分を優先するかどうかで友達かどうかを決めるお前も、同じぐらい異常だ』

「それは誤解だよ。俺はそんな新羅の事も含め、世界中の人間を……まあ、シズちゃんは当然除いて、友達であり恋人であり家族だと思ってるんだからね」

『全《すべ》ての人間に興味のあるお前と、興味の無い新羅。それでも、私はまだ新羅の方がまともだと思えるな』

ささっと仕事の話に移りたかったのだが、セルティは臨也の言葉につい反論してしまう。

だが、臨也もまた、心外だというように両手を広げて言葉を返してきた。

「新羅が俺よりもまとも？　あいつを馬鹿にするつもりはないけれど、あの腹の傷について包み隠《かく》さずに聞いたなら解《わか》るだろう？　新羅の奴が、昔から、ま、と、も、じゃ、な、か、っ、たって事ぐらいさ」

『そうかもしれないが』

「あいつを狂わせたのは、間違い無く君だろ？　君にそのつもりはなくても、岸谷《きしたに》新羅は、デュラハンというこの世ならざる存在に魅《み》せられた。人間より上……と、新羅は勝手に思い込んでるわけだけど、そんな存在を知ったら、人間が下らなく思えるんじゃないかな？」

セルティを動揺させたいようにしか思えない言葉だが、彼女はその答えに狼狽《ろうばい》することも、逃げる事もせずに文字を綴《つづ》る。

『ああ、それは理解している。自分がそんなに素晴《すば》らしい存在だと思った事はないが、新羅《しんら》が私のせいでまともじゃなくなったかもしれないとは思ってる』

「じゃあ、どうするんだい？」

『どうするもこうするもない。私は、最後まで新羅に付き合うさ』

ストレートに言い放つセルティ。

臨也《いざや》は僅《わず》かに目を逸《そ》らし、皮肉混じりの言葉を投げ放つ。

「罪滅ぼしのつもりかい？　甘《あま》やかすのは、新羅の人間嫌《ぎら》い……いや、嫌いでもないな。……新羅の人間無関心を悪化させるだけだぜ？」

『そうかもな。だが、今は……私も、あいつから離れたくないんだ。この前、あいつが怪我《けが》をしてそれを改めて思い知らされた。だからこそ、あいつを傷つけた奴《やつ》が許せないし、お前の怪しい仕事にも付き合ってやる』

「……」

『新羅が私を愛してくれるように、私も、新羅を愛してるんだ』

ＰＤＡに打ち込まれた長文を流し読み、臨也は一際《ひときわ》口元を緩《ゆる》め、肩《かた》を竦《すく》めながらセルティに背を向ける。

「聞いてるこっちが恥《は》ずかしくなってきちゃうよ。臆面《おくめん》もなくそんな事を口にできるのは、君が人間以上に人間らしいからか、それとも人間じゃないからこそできるのか……。まあ、どっちでもいいや。俺《おれ》は化物《ばけもの》である君に興味はないからね」

『言ってろ』

「もう言う事はないよ」

臨也は屋上のフェンスに歩み出し、そこに立てかけてあったひとつのバッグを手に取った。

「それじゃ、早速仕事の話に移ろうか」

♂♀

数分後

黒いライダースーツの運び屋がビルから出て、黒バイクのシート部分を撫《な》でている。

左手にはノートパソコンを入れる為《ため》の黒いバッグが握《にぎ》られており、どうやらそれが折原臨也《おりはらいざや》からの『依頼品』のようだ。

その様子を見つつ、自動販売機の陰に寄りかかっていた男が携帯電話に語りかけた。

「黒バイクだ。間違い無い」

すると、電話口から、物静かな男の声が響《ひび》いてくる。

『やっぱり、折原臨也《おりはらいざや》と繋《つな》がりがあったんだね』

「四十万《しじま》よう、雲井《くもい》さんは何て言ってるんだ？」

『折原臨也が何を運ばせてるのか気になるけれど、ここ数日、彼が【アンフィスバエナ】について調べてるのは確かだよ。もう何か掴《つか》んでるのかもね』

「しばらく様子を見るか？」

『……いや、粟楠会《あわくす》に【アンフィスバエナ】を潰《つぶ》されても困る。僕《ぼく》達は、【アンフィスバエナ】のシステムを丸ごと手に入れるのが目的なんだからな』


四十万達の所属する『ヘヴンスレイヴ』が、『アンフィスバエナ』の存在を知ったのは、赤林《あかばやし》の手によって組織に大打撃《だげき》を受けた後の事だった。

クスリの顧客《こきゃく》の中に、その『アンフィスバエナ』の闇《やみ》カジノで稼《かせ》いだ客がおり、試しに仲間の何人かをその闇カジノに潜《もぐ》り込ませた。

だが、数回賭博《とばく》が開催《かいさい》された後、その仲間達に、同時に次回開催の知らせが届かなくなったのである。

探《さぐ》りを入れてることに気付かれている。それが四十万の出した結論だった。

最初にアンフィスバエナの事を言い出した顧客の許にも連絡《れんらく》が来なくなったらしく、「お前らのせいだ」と文句を言われたが、こちらは薬を盾《たて》に脅《おど》した途端《とたん》静かになった。

調べた結果、原因は簡単に分かった。

会員だけに配られる、大型のコインのような形をした特殊なチップ。

賭《か》けに参加する為《ため》の会員証の代わりでもあり、勝ち負けを電子的に記録するそのハイテク機器を解体してみた所――

その中から、盗聴《とうちょう》器と発信器のようなものが見つかった。

恐らくは、それらから得られる情報で、警戒《けいかい》すべき相手には連絡しないことにしているのだろう。

無論、それほど長く内蔵の電池が持つわけもないのだが――チップは、賭場《とば》に参加する度に、毎回新しい物と交換される。『内部データを不正に弄《いじ》られた場合の予防策』との事だったが、今思うと、電池を短いサイクルで入れ替える為のものだったのだろう。

盗聴とGPS位置探知を組み合わせれば、会員達の『秘密』を効率よく集める事ができ、イザという時の脅迫《きょうはく》のネタに使える事だろう。

だが、盗聴器がバレた場合は当然ながらトラブルの元になる。恐らくは、解体された時点でなんらかの信号が発生し、その顧客はカジノに呼ばないというシステムなのだと四十万は判断した。

『雲井さんは、そのシステムを欲しがってる。実際、僕も魅力《みりょく》的だと思うよ。場所にさえ気を付けりゃ、僕達《おれ》の「ヘヴンスレイヴ」を取引する新しいネットワークも創《つく》れるし、あの盗聴器《とうちょうき》と発信器のついたハイテク機器を量産できるコネも欲しいと思う』

「じゃあ、潰《つぶ》すってわけじゃないんだな」

黒バイクの動向を観察しながら話す男に、携帯電話の向こう側で四十万《しじま》が軽く頷《うなず》いた。

『ああ、話し合いで……最低でも、公正な取引って形にできれば充分だ。その為《ため》には、相手の個人情報が分かってないと話にならないからな』

「それを、あの折原臨也《おりはらいざや》って情報屋に任せるってわけか」

『そうだ。粟楠会《あわくす》からの依頼で動いてるとしたら、完全に探《さぐ》り終える前に処理しなきゃな』

「処理？」

事務的な単語に、男は思わず問い返す。

だが、四十万から返ってきた言葉は、更《さら》に淡々《たんたん》とした、氷のように冷たい言葉だった。

『粟楠会に知られたら困るしな。情報だけ手に入れたら、静かに消えて貰うのがいいだろう』

「殺すって事かよ」

『町中でそういう物言いはよくないね。聞かれていたらどうするんだい？』

「待てよ、最悪、手を組めればいいって……」

人を一人殺すという判断を簡単に言い切る四十万に怯《おび》えを感じる男だが、四十万は不思議そうに言い返してくる。

『それは【アンフィスバエナ】の話だよ。彼らは粟楠会と敵対《てきたい》してるからいいけれど、折原臨也は、粟楠会の指示で動いてるんだ。手を組める筈《はず》がないだろう？』

「だけどよ」

『どうして、そんなに弱腰《よわごし》なんだい？　失敗こそしたけれど、僕たちは既《すで》に一度、粟楠会の赤《あか》林《ばやし》を殺すつもりで行動を起こしてるじゃないか』

「一般人だぜ？」

尚《なお》も食い下がる男に、四十万はあくまでも冷静に言葉を返す。

『粟楠会の指示で動く犬を一般人とは言わないよ』

「でもよ……」

『待て、雲井《くもい》さんからメールが来た』

「……っ⁉」

煮え切らなかった男の心が、『雲井』という名前が出た途端《とたん》、まるでドライアイスの手に鷲掴《わしづか》まれたように凍《こお》り付いた。

『ちょっと迎えに行ってくる』

「……マジか」

『ああ……。また、傷が増えるかもね』

溜息《ためいき》混《ま》じりにそう呟《つぶや》いた後、四十万は軽く笑いながら男に告げる。

『その傷の恨《うら》みは、折原臨也《おりはらいざや》にでも晴らすとするさ』

最後に僅《わず》かな笑みを溢《こぼ》し、四十万《しじま》は次の言葉を吐《は》き出した。

『ほらね、これで殺す理由がひとつ増えただろう？』

♂♀

12年前　来神《らいじん》中学校　夏休み最終日

——「そういうのって、良くないと思うんだけどなあ」

——「君の知った事じゃないだろう？」

——「一応、俺《おれ》は君の事を友達だって家族に話してるんだ」

——「それで？」

——「その手前、友達がそういう事をしてるのに止めないっていうのは、その、困るんだ」

——「新羅《しんら》、君は馬鹿か？　それじゃまるで君は、自分の意思すらない、家族にいい顔をするだけの操《あやつ》り人形みたいだ」

——「大事な人と糸が繋《つな》がるなら、俺は人形でも別にいいんだ」

——「話にならないな」

そんな、『物静かな言い争い』を聞いたのは、たまたま生物室の前を通りかかった美術部の生徒だった。

言い争いだとは思ったものの、喧嘩《けんか》に発展するようにも思えなかった為《ため》、その生徒は何事もなく通り過ぎた。

その僅《わず》か5分後——

「何だ、今の音は⁉」

校庭で部活動の指導をしていた体育教師が、ガラスの割れるような音を聞きつけ、生物部の中に駆《か》けつけると——

そこには、血にまみれた腹部の上にガムテープを巻いた生徒が倒れており、顔を青くしながらゆっくりと肩《かた》を上下させている。

「岸谷《きしたに》か⁉　何があった！」

すると、岸谷新羅《しんら》は、青い顔をしながら教師を安堵《あんど》させるように笑い、か細い声で呟《つぶや》いた。

「ちょっと……刺《さ》されちゃって……救急車、呼んでもらって……いいですか？」

その数時間後――

現場から逃亡していた折原臨也《おりはらいざや》が警察に出頭し、補導される結果となった。

生物部の副部長が、生物部の部長を刺《さ》して逃亡していたという、学校内の傷害事件。

一体二人の間に何があったのか、岸谷新羅《きしたにしんら》と父親が被害届を出さなかった事もあり、体面を恐れた学校側も事態が広まるのを恐れた結果――マスコミなどに知られる事もなく、この事件は静かに闇《やみ》に葬《ほうむ》られる結果となった。

新羅の腹と、臨也の経歴に、一生残る疵痕《きずあと》だけを残して。

チャットルーム

・・・

チャットルームには誰もいません。
チャットルームには誰もいません。
チャットルームには誰もいません。

田中太郎《たなかたろう》さんが入室されました。

田中太郎【こんにちは】
田中太郎【お久しぶりです】
田中太郎【過去ログを読みましたが、初めまして、の人も多いですね】
田中太郎【田中太郎といいます】
田中太郎【最近、なかなか顔を出せなくてすいませんせん】

田中太郎【もう暫《しばら》く、こちらに来れない時期が続くと思います】
田中太郎【あ、トラブルを起こしたりしたわけじゃなくて、純粋に忙《いそが》しくなっちゃって……】
田中太郎【また来られるようになったら、新参《しんざん》者のつもりでがんばります】
田中太郎【セットンさん達とも、また池袋《いけぶくろ》の事とか楽しく話したいですし】
田中太郎【それじゃ、私はこれで】

内緒モード　田中太郎【甘楽《かんら》さん、ていうか、折原《おりはら》さんだけに見えるようにしています】
内緒モード　田中太郎【見ているかどうか解《わか》りませんけれど、伝えておきたくて】
内緒モード　田中太郎【今、色々な事をやっています】
内緒モード　田中太郎【折原さんはもう知ってるかもしれませんけど】
内緒モード　田中太郎【でも、誰かに言われてやってるわけじゃないんです】
内緒モード　田中太郎【僕《ぼく》の意思でやってるって事を、せめて折原さんは知ってて欲しくて】
内緒モード　田中太郎【正直、怖《こわ》いんです】
内緒モード　田中太郎【だけど、やらなきゃいけない事だと解ってるから……】
内緒モード　田中太郎【こんな事を言われても迷惑《めいわく》だと思います。すいません】
内緒モード　田中太郎【だから、聞き流して貰《もら》って全然構わないんですが……】
内緒モード　田中太郎【僕の今の気持ちを、自分以外の目にも触《ふ》れる形で残したくて……】

内緒モード　田中太郎【その事実があるだけで、がんばれる気がするんです】
内緒モード　田中太郎【去年の初集会の時、折原さんは言いましたよね】
内緒モード　田中太郎【『本当に非日常を求めるなら、常に進化し続けなきゃいけない』って】
内緒モード　田中太郎【だけど、僕に進化する事なんかできませんでした】
内緒モード　田中太郎【僕は、日常にしがみつきたくなったんです】
内緒モード　田中太郎【園原《そのはら》さんや正臣《まさおみ》と、前みたいな日常を送りたいんです】
内緒モード　田中太郎【だから、僕は、取り戻したいんです】
内緒モード　田中太郎【あの時の、あの夜のダラーズを】
内緒モード　田中太郎【もう、非日常なんて求めません】
内緒モード　田中太郎【ただ、あの頃の日が戻って欲しいだけなんです】

バキュラさんが入室されました。

バキュラ【こんにちは】
バキュラ【田中太郎《たなかたろう》さん、】
バキュラ【暫くこれなくなるって残念です】
バキュラ【またお話ししましょう】

内緒モード　バキュラ【帝人《みかど》、】
内緒モード　バキュラ【こないだの事なら、】
内緒モード　バキュラ【俺《おれ》は気にしてない】
内緒モード　バキュラ【っていうか、】
内緒モード　バキュラ【お前や杏里《あんり》からしたら、】
内緒モード　バキュラ【急に姿を消した俺の方に納得《なっとく》してないと思う】
内緒モード　バキュラ【だけど、】
内緒モード　バキュラ【言っておきたい事があるんだ】

田中太郎【こんにちは、バキュラさん】
田中太郎【では、皆さんにもよろしくお願いします】
田中太郎【それでは】
田《た》中《なか》太《た》郎《ろう》さんが退室されました。
内緒モード　バキュラ【帝人】

内緒モード　バキュラ【退室まで時間があったけど、】
内緒モード　バキュラ【内緒《ないしょ》モードで誰かにメッセージを残してたのか？】
内緒モード　バキュラ【誰とは聞かないけどよ、】
内緒モード　バキュラ【とにかく、】
内緒モード　バキュラ【一度連絡《れんらく》が取りたいんだ、】
内緒モード　バキュラ【もしまた入室した時にログを見返して、】
内緒モード　バキュラ【話してくれる気になったらここで俺宛《あて》にレスをくれ】
内緒モード　バキュラ【電話する】

バキュラさんが退室されました。

チャットルームには誰もいません。
チャットルームには誰もいません。
チャットルームには誰もいません。

・
・

暗い場所で　5

「折原臨也《おりはらいざや》さんって、あれだよね。あの黒バイクとお友達なんだって？」

「……」

「ここ何日か、あの都市伝説さんにも、私達の事、色々と探《さぐ》らせてたらしいじゃん。あと、『ヘヴンスレイヴ』の事も調べさせてたんだよね？　もしかして、黒バイクさんに接触《せっしょく》させたりしてたのかな？」

「……」

薄暗《うすぐら》いバーの中では、いまだに麻袋《あさぶくろ》の男とミミズによる会話が繰《く》り広げられていた。

どれほどの時が経《た》ったのだろうか、既《すで》にケーキは片付けられており、バーカウンターの上にはミネラルウォーターの2リットルボトルが3ダース綺麗《きれい》に並べられている。

一方的に喋《しゃべ》るミミズと、沈黙《ちんもく》のみで返す麻袋の男。

果たして会話と呼べるものなのかどうかも解《わか》らないが、ミミズからすれば、充分相手と心を通わせている気分になっていた。

「さっきも言ったけどね、そいつらの事は、私もオーナーもよく知らないんだけどぉ……邪魔《じゃま》なようなら、早く潰《つぶ》さないといけないの。だから、その『ヘヴンスレイヴ』の事で、何か知ってる事があれば、なんでも教えて欲しいな、って思ってるの」

「……」

「どっちにしろ、妹さん達が来たら、喋《しゃべ》りたくなると思うけどね。それとも、指を一本一本トンカチとかで叩《たた》いていく方がいい？　そこのテーブル、前の人の手を潰した時の染みがまだ付いてるんだけど……見たい？　あ、その袋《ふくろ》じゃ見えないか！　あはっ！　ゴーメーンー！」

自分が追い詰め、相手が麻袋《あさ》の下で、頭蓋骨《ずがいこつ》の内部で、顔と心を恐怖《きょうふ》に歪《ゆが》める。

その繰《く》り返しこそが彼女にとってのコミュニケーションであり、人間との繋《つな》がりを感じる瞬《しゅん》間《かん》に他《ほか》ならなかった。

「ねえ、私達、もっともっと仲良くなれると思うの」

「……」

男の首に手を回し、手には何かのボトルを持っているミミズ。

そのボトルの中の液体をチャプチャプと揺らめかせ、男にその音を聞かせている。

「助けて欲しい？」

「……」

「死にたくない？」

「……」

「妹達が心配？　それとも自分の方が心配？」

「……」

矢継《やつ》ぎ早に尋《たず》ねてくるが、やはり、麻袋の男は沈黙《ちんもく》を貫き通す。

だが、ミミズはそれで充分だった。

沈黙こそが彼女の心にとって最高の『糧《かて》』なのだから。

しかし、直接痛みを与えてはいないとはいえ、目の前の男の沈黙っぷりは相当なものだとミミズも思う。普通ならば悪態の一つでも吐《つ》きそうなものだが、徹底《てってい》的に『沈黙』という状態を貫き通している。

「ねえ、もしかして、ちょっと安心してる？　あなたも、あなたの妹達も、まさか殺されるまではしないだろう……なんて思ったりしてないよね？　それはないよね？　少しでも、私達の事を調べたんだったらさあ？」

クスリクスリと笑いながら、ミミズはゆっくりとボトルのキャップを回し始めた。

「私は、『オーナー』の事が好きなの！　だから、『オーナー』の為《ため》なら、なんだってできるんだよ？」

「……」

「なんだって、ね……」

暗い笑み。

ボトルを男の麻袋《あさぶくろ》の上で傾け、中の液体をゆっくりと注《そそ》ぎ込む。

細い雫《しずく》となって麻袋に垂《た》れる液体は、殆《ほとん》ど撥《は》ねる事なく、確実に麻袋へと染みこんでいった。

ゆるやかに頭の上を回し、麻袋全体にまんべんなく染み渡らせ、さりとて服や床《ゆか》には溢《こぼ》さぬよう、丁寧《ていねい》に丁寧にボトルの液体を注《そそ》ぎ続けた。

「本当は、硫酸《りゅうさん》で麻袋ごと情報屋さんの顔をドロドロにしてあげても良かったんだけどさあ、私、そんな陰湿《いんしつ》なのってどうかと思うの。だから、もっと明るくいこう……って思って！」

話してる間に、液体の匂《にお》いが部屋の中に広がっていく。

嗅《か》いだ事があるならば、すぐに理解できるであろう——灯油の匂いが。

灯油ストーブを消した瞬間《しゅんかん》に広がる匂いほどではないが、液体の正体を知るには充分な匂いと言えるだろう。

「大丈夫《だいじょうぶ》？　窒息《ちっそく》しない？　吸いすぎてラリったりしたらだめだよ？　あれ、灯油ってシンナーみたいにラリるんだっけ？　まあいっか」

「……」

「それじゃ、妹さん達が来たら、色んな事しちゃうんだけどさ……。半分ぐらいやった所で、この袋、燃やしてあげるね？　上手《うま》く燃え落ちたら、妹さん達がどうなってるのか見えるようになるよね？　あ、窒息しちゃわないように、燃えてる間は息止めてた方がいいよ？　火に酸素を奪《うば》われちゃうからね。燃え尽きるまでに何分ぐらいかかるか解《わか》らないけど」

実際に火を点《つ》けたら、火傷《やけど》で息を止めるどころの話ではなくなるだろう。それを理解しつつも、彼女はあえて的外れな警告を口にした。

実際に袋が燃えた瞬間《しゅんかん》、現れる顔はどのようなものか。

死への恐怖か、それとも、妹達に手を出された事による悲しみか、あるいは果てしない怒りか、絶望か、それとも、まだ希望を捨てていない、まっすぐな目が見られるのだろうか。

どれでも構わない、とミミズは思った。

「人間ってさ、どうなんだろうね。大事な人と一緒《いっしょ》に追い詰められた時、最後には自分の方を気遣《きづか》うのかな、相手の方を気遣うのかな？　私は、人間って、結局自分を優先しちゃう生き物なんだと思うな。情報屋さんは何か知ってる？　人間の情報ぐらい良く知ってるんじゃない？」

無茶な事を尋ねるミミズだが、もちろん答えが返ってくる事を期待しているわけではない。

こうした事を尋《たず》ね、相手の不安を煽《あお》る事こそが目的なのだが、目の前の男の無反応っぷりには寧《むし》ろ感心すらしていた。

次はどのような手で追い詰めようか、あるいは、やはり手の爪《つめ》を剝《は》がすか、服を脱《ぬ》がせてハンダゴテで焼き文字を入れたりするべきだろうか？

欲望を抑《おさ》えきれなくなり、いよいよ肉体への責めに移行しようかと考えていた次の瞬間——

バーの入口付近に、複数の足音が聞こえてきた。

「あ、時間切れかぁ……」

「……っ！」

「妹さん達、連れてきちゃったみたい☆」

楽しみにしていた通販の荷物を受け取りに出る主婦のような勢いで、軽やかに立ち上がるミミズ。だが、自分で直接迎え入れようとはせず、部下の女に声をかけた。

「開けてあげて」

ミミズの言葉に頷《うなず》き、扉《とびら》の方に歩いて行く若い女。

その背を見送りながら、ミミズは背後に座り続ける麻袋《あさぶくろ》の男に声をかけた。

「家族と感動のご対面だね！　私、泣いちゃうかも！」

「……」

クスクスと嗤《わら》う彼女だったが——


数秒後、その笑みが止まる事になる。

仲間の女が扉を開いた直後、バーの中に入り込んできたのは——
、、、、、、、、、、、、、、、、、、、
ミミズにとって見覚えの無い、十数名の若い男達の姿だった。

——誰⁉

——この情報屋の仲間⁉　——まさか！

——栗楠会《あわくす》？　——いや、違う、若すぎる！

——どうしてこの場所が？　——ていうか、本当に誰⁉

——警察のわけはない。　——この子達、私より年下なんじゃ……。

——誰？　——敵《てき》？　——味方？　——危険？

——『オーナー』……。　——助けて下さい、『オーナー』！

様々な思いがミミズの胸中に木霊《こだま》し、最後には、自分の最も信頼する人間に救援を求め始める始末だった。

だが、当然心の中の声に応《こた》える者はない。

周囲の仲間達も、驚いたように入口からの乱入者を見て身構えている。

だが、男達の中心に立っていた若い男が、両手を広げながら、バー全体に響《ひび》き渡る声で爽《さわ》やかに呟《つぶや》いた。

「初めまして、【アンフィスバエナ】の皆さん。我々は、まだ貴方《あなた》達の味方というわけじゃありませんが、敵というわけでもありません」

「……誰？」

己の中の警戒《けいかい》レベルを瞬時《しゅんじ》に引き上げ、それまで麻袋《あさぶくろ》の男に対していた時とは違う、厳しい声色で問いかけるミミズ。

すると、若い男はミミズを中心人物と判断したのか、恭《うやうや》しい一礼をしてから自らの名を口にした。

「失礼、私は四十万《しじま》と申します」

「ドラッグの【ヘヴンスレイヴ】流通において、サブリーダーをしている者ですよ」

そして——時は、半日ほど前に遡《さかのぼ》る。

5章　折原臨也

都内某所《ぼうしょ》　路上

「おい……あれ、運び屋が持ってるのはなんだ？」

『ヘヴンスレイヴ』の売人である若い男が、横に立つ仲間に問いかける。

仲間はその問いに対し、溜息《ためいき》混じりに自分の判断を口にした。

「……昨日《きのう》までと同じだな。ノーパソ入れるバッグだ」

「やっぱり、中身はパソコンか？」

「多分な。それと金と……カジノチップもかもな」

彼らは、2日前から黒バイクと折原臨也《おりはらいざや》の動向を探《さぐ》っている。

何らかの情報を掴《つか》んでいるであろう折原臨也を直接攫《さら》う事も考えたが、『屍龍《ドラゴンゾンビ》』のメンバーが護衛のように取り巻いていて、移動中は中々狙《ねら》う事ができない。さりとて、寝泊まりしている場所を探《さぐ》るよりも先に尾行を撒《ま》かれ、寝込みを襲《おそ》う事もできない状態だ。

一方、運び屋である黒バイクに関しても、仕事の最中は尾行できるのだが、肝心《かんじん》の寝泊まりする場所についてはやはり撒《ま》かれてしまっている。だが、仕事中の尾行が功を奏し、運び屋が何をしているのかは推測する事ができた。

運び屋が行く先々で接触《せっしょく》していたのは、それぞれ立場も地位も違う人物達だった。

その中に、たまたま『ヘヴンスレイヴ』の『顧客《こきゃく》』を見つけ、運び屋が去った後に連絡《れんらく》を取って聞いた所——どうやら、彼もまた『アンフィスバエナ』の違法カジノの顧客だったようであり、その事について根掘り葉掘り尋《たず》ねられたのだという。

ドラッグの販売を盾《たて》に、更《さら》に深く追及したところ、黒バイクは、法外とも言える値段で、『アンフィスバエナ』のチップを買い取ったらしい。

本人からすれば、現場で「紛失《ふんしつ》した」とでも言えば良いだろうと考えていたようだが、恐らく彼の許にはもうカジノ開催《かいさい》の連絡は来ないだろう。

だが、気になるのは、黒バイクが電子式のチップを回収しているという事だ。

黒バイクが、どうやって何件もチップの持ち主を捜《さが》し当てているのかという事も気になり、臨也《いざや》よりも重点的に行動を監視《かんし》していたのだが——

車で尾行を続けた所で、売人の男は、黒バイクがいつもと違う行動に出た事に気が付いた。

道の端《はし》にバイクを停め、バッグから取り出したノートパソコンを開いているではないか。

「……何してんだ、ありゃ」

車の助手席にいた方のチンピラが、車内に用意していた双眼鏡《そうがんきょう》を黒バイクの方に向ける。

すると、パソコンの画面には、何か地図のようなものが映しだされていた。

黒バイクはそのノートを閉じ、電源も切らぬまま再びバッグにしまい込む。恐らくはスリープモードにしているのだろう。

再び走り出したバイクを追いながら、売人は四十万《しじま》にその事を電話で伝える事にした。


『そのノートパソコン、なんとか奪《うば》えないか？』


それが、四十万の出した結論だった。

無理だと言おうとしたが、先日ダーツを鼻に刺《さ》された下っ端《ぱ》の事を思い出し、とりあえず『様子を見ます』とだけ答えて電話を切った。

「奪うったってよ……どうやってだよ」

「この町中で、車ぶつけて止めるわけにもいかねえだろ……」

暗い気持ちで尾行を続ける売人達。

だが、彼らの前で、思わぬ光景が繰《く》り広げられた。

少し進んだ所で、急に黒バイクがスピードを落とし、人気《ひとけ》の少ない公園の入口にバイクを停めたのだ。

そして、再びノートパソコンを取り出して何かを確認し、公園の中へと入っていった。

ベンチに座っている男に近づき、何か懐《ふところ》から出した携帯電話か何かの画面を見せる運び屋。

——あの男も、闇《やみ》カジノの参加者なのだろうか？

そんな疑問が浮かぶと同時に、売人達はある事に気が付いた。

バイクのハンドル部分に、今しがた見ていたパソコンが入っていると思しきバッグが掛けられているではないか。

恐らく、すぐに話を済ませるつもりだったのだろうが、迂闊《うかつ》としか言えない行動だ。

「……っ！」

千載一遇《せんざいいちぐう》のチャンスと判断した売人達は、そのままゆっくりと車をバイクに近づけ——

窓から手を伸ばし、バッグを静かにハンドルから外した。

——やった！

——まだ、あの運び屋は気付いてねえ！

そのまま車を走らせ、気取《けど》られない内に消えようとする売人達。

だが——

『HHHHHEEEEEERRRRRRrrrr！』

黒バイクから、巨大な馬のような嘶《いなな》きが周囲に響《ひび》き渡り、乗り手のいないバイクがその場でウイリーのように前輪を持ち上げた。

「!? な、あ、なぁぁっ!?」

見ると、バイクの形が煙のように蠢《うごめ》き——首のない巨馬へと姿を変えたではないか。

「防犯装置……いや、なんだこりゃあ!?」

「ばけも……ばけ、ばけもにょはらぁっ!? ああああああ!? あああああああっ！」

その嘶きに気付いたのか、ベンチの所にいた運び屋が勢い良く振り返る。

「に、にげ、にげげげげ！ 逃げろっ！」

助手席の男が口を縺《もつ》れさせている間に、既《すで》に運転手はアクセルを強く踏み込んでいた。

目的は果たした。

運び屋のノートパソコンは手の内にある。

あとは逃げ切るだけだと自分に言い聞かせ、歯をガチガチと鳴らしながら大通りへと車を走らせた。

バックミラーに、バイクに駆《か》け寄る運び屋の姿が映る。

「あああぁぁあああぁ！ あああああああぁぁ！」

走る。

走る、奔《はし》る、趨《はし》る。

車のエンジンが焼き切れるような勢いで、事故を恐れる暇《ひま》すらなく、全力で黒バイクを引き剝《は》がそうとする。

大通りに出ても、暫《しばら》く規定速度を超える速度で走り続けた。

二つほど更《さら》に横道に入り、必死に黒バイクを撒《ま》こうとする。

三つめの角を曲がった後に、恐る恐るミラーを覗《のぞ》くと——そこには、なんの姿も映っていなかった。

四つめの角を過ぎ、再び大通りで無数の車両に合流した後、助手席の男が必死に周囲の風景を睨《ね》め付ける。

だが、黒バイクの姿はどこにもなく、急に通りに割り込んできた事に抗議のクラクションを鳴らす車ぐらいだった。

日常が、そこにはあった。

化物《ばけもの》のつけいる隙《すき》のないような、いつも通りの街の風景が。

半信半疑のまま、彼らはバッグの中にあるノートパソコンを確認する。そして、助手席の男が携帯電話を手に取り、四十万《しじま》に対して連絡《れんらく》を取った。

『ありがとう。すぐにそのパソコンを持ってきてくれ。これで、雲井さんも少しは喜ぶよ』

淡々《たんたん》とした調子の中に、どこか、彼自身の安堵《あんど》のようなものが感じられる。

売人達は、それにつられて深い深い溜息《ためいき》を吐《は》き出した。

心臓の鼓動《こどう》が落ち着くまで待った後、彼らは互いに顔を見合わせ、確信する。

自分達は、逃げ切ったのだと。

そして——時は、『暗い場所』へと収束する。

♂♀

都内某所《ぼうしょ》　潰《つぶ》れたバー

「ヘブン……スレイヴ！」

都内にひっそりと存在する、既《すで》に営業していないバーの内部。

その中に踏み込んできた男——四十万《しじま》の自己紹介《しょうかい》に、ミミズは目を丸くする。

これからたっぷりと、情報屋を拷問《ごうもん》して聞きだそうとしていた組織の人間が何故《なぜ》ここにいるのだろうか？

彼らが折原臨也《おりはらいざや》の味方であるという話は聞いた事がないが、もしかしたら、自分の知らない所で手を組んでいたのかもしれない。

だとすれば、これは明確に危機と言える状況だ。

ミミズは、背後に座る麻袋《あさぶくろ》の男を人質《ひとじち》に取れないかと画策し始めたのだが——

次に四十万《しじま》が吐《は》いた言葉で、その必要性は消える事となる。

「ああ、そいつが、粟楠会《あわくす》に雇《やと》われて貴方達《あなた》を探《さぐ》ってたっていう情報屋……折原臨也ですか」

麻袋の男を一瞥《いちべつ》して言う四十万に、ミミズは眉《まゆ》を顰《ひそ》めながら問いかけた。

「……知り合いじゃないの？」

「まさか。この場所を探る為《ため》に、利用はさせて貰《もら》いましたけどね」

四十万が指を鳴らすと、ノートパソコンを持った男がドアから入ってきて、そのパソコンの画面を皆に見せる形でカウンターに置いた。

すると、画面には地図が映し出されており、無数の赤い点が様々な場所に散在している。

「君達のチップにある発信器兼盗聴《とうちょう》器の場所を映し出すソフトらしいよ。どんなシステムを使ってるのかは解《わか》らないけどね」

どうやら、画面に映っているのは『アンフィスバエナ』のチップの管理画面のようだ。

「……！　どうしてそれを……！」

驚愕《きょうがく》に目を見開くミミズに、四十万は肩《かた》を竦《すく》めながら呟《つぶや》いた。

「さあ？　チップの電波をどうやって解析《かいせき》したのかは……僕《ぼく》よりも、そこの情報屋さんが知ってるんじゃないかな？」

「……情報屋さん？」

「彼が、このパソコンを黒バイクに持たせて、色々と嗅《か》ぎ回らせてたみたいだからね」

乱入者にも関わらず縛《しば》られたままの男をチラリと見て、四十万はどこか楽しげに笑いかけた。

一方ミミズは、驚いたように麻袋の男の頭部を見る。

「そこまで掴《つか》んでたなんて……。じゃあ、このアジトの場所も、もしかしたらとっくに情報屋さんにはバレてた……って事なのかな？」

「どうだろうね？　臨也の尾行をしていたら、彼の入ったビルの中から、君達の仲間が現れた……ってわけさ。男が一人入るぐらいの、大きな大きなスーツケースを抱《かか》えてね。しかも、この地図の赤い点のひとつが、その連中に合わせて動くじゃないか」

四十万はゆっくりと麻袋の男に近づき、彼のポケットを順に漁《あさ》り始めた。

そして、三番目のポケットから、一枚のチップを取り出した。

「ほらね。あった。彼も一枚持ってた……ってわけだ」

「……ちゃんと調べなかった、うちのメンバーのミスだね」

ミミズがジロリと背後にいる仲間達を睨《にら》み付けると、彼らは互いに顔を見合わせ、互いに責任を押しつけるようにうろたえている。

緊迫《きんぱく》する部屋の中で、四十万《しじま》はそんな光景を眺《なが》めながら問いかける。

「で、君が『アンフィスバエナ』のリーダーかな？」

「……違うよ。『オーナー』は、私達の前に滅多《めった》に顔を出さないの。居場所も分からない」

「賢《かしこ》いやり方だね。僕《ぼく》達のリーダーも似たようなものさ。まあ、その話はあとでゆっくりとしようじゃないか。この情報屋を始末した後でね」

四十万は小さく首を振り、麻袋《あさぶくろ》の男の頭にポン、と手を置いた。

「しかし、僕達で攫《さら》って始末しようと思ってたんだけどね。手間が省けたよ。彼の妹さん達も、攫いに行かせる必要はなかったかな？」

「……？　貴方《あなた》達も、情報屋さんの妹を狙《ねら》ってるの？」

「おや？　君達もかい？」

少し意外そうな顔になる四十万に、ミミズは警戒《けいかい》の視線を緩《ゆる》める事なく言った。

「一時間ぐらい前に、隙《すき》を見て一人ずつ攫えって指示したばかりよ」

「……それは困ったな。妹達も危険人物だっていうから、うちでも腕利《うでき》きの連中を送り込んだんだけどねえ。鉢合《はちあ》わせてトラブルになるのは構わないけど……それで警察に目を付けられると困るな……。とりあえず、こっちを引かせよう。もう、人質《ひとじち》の必要もないしね」

そう言って、四十万は自分の携帯電話を取りだした。

「まあ、信じて欲しいんだけどね。僕達は君らと敵対《てきたい》する気はない。今回は、ビジネスの話に来たんだよ。……その為《ため》には、粟楠会《あわくす》に情報が流れるのは避《さ》けたい。それだけなんだ」

説明しながら、折原九瑠璃《おりはらくるり》、舞流《まいる》を攫いに行った売人仲間のアドレスを探す四十万だったが

——

彼がアドレスを探し当てるよりも先に、部屋の中に携帯の着信音が鳴り響《ひび》く。

四十万のものではなく、音は、バーのカウンターテーブルから聞こえてきた。

「……私の？」

ミミズが電話を掴《つか》むと、そこには『非通知』と書かれていた。

——誰？

——もしかして……オーナー？

不安と期待の入り交じった想いを抱《いだ》きながら、着信を受けるミミズ。

「……もしもし？」

『……』

電話の向こうからは、無言が続く。

何の連絡《れんらく》か気になったのか、四十万も携帯のボタンを押す手を止めて様子を窺《うかが》っていた。

ところが、そんな四十万の携帯にも着信があり、小さな振動音が部屋の中に木霊《こだま》する。

「……？」

非通知と書かれた画面を見て、不信に感じながらも着信を受ける四十万。

すると、そこから聞こえてきたのは──

『もしもし？　もしもし？』

という、目の前の女が電話に向かって喋《しゃべ》っている声だった。

「……え？」

ゾワリ、と、背中に厭《いや》な空気が滑《すべ》り落ちる。

その『……え？』という呟《つぶや》きが電話から聞こえたのか、ミミズも慌《あわ》てて四十万《しじま》の方に顔を向ける。

何が起こっているのかお互いに解《わか》らぬままだったが──

数秒の間を置いて、電話から第三者の声が響《ひび》き渡った。


『やあ』


「誰？」「……誰だ？」

ミミズと四十万、お互いの声が受話器からも聞こえて来るが、第三者はクリアな音声で朗々《ろうろう》と語り始める。

『三者通話は、上手《うま》くいったみたいだね。初めて使うから心配してたんだけどさ』

「誰なの……？」

『ああ、ゴメンゴメン。挨拶《あいさつ》がまだだったね。でも、二人とも、俺《おれ》の事は良く知ってるんじゃないかな？』

「……まさか」

厭《いや》な予感が、四十万とミミズ、それぞれの脳髄《のうずい》に湧《わ》き上がる。

そして、予感した瞬間《しゅんかん》を見計らったかのように、電話の奥にいる男が名前を告げた。

『折原臨也《おりはらいざや》……って言えば、解《わか》るよね？』

ゴロ、と、ミミズと四十万の鼓膜《こまく》のあたりで、何かが転がるような音がした。

緊張《きんちょう》で歯を食いしばった事により、筋肉が強《こわ》ばった音だ。

何故《なぜ》、このタイミングで？

何故、自分達の番号を？

そんな疑問が先に浮かび上がるが、あまりに予想外の事態に、肝心《かんじん》な問いが二人の元に遅れてやってきた。

シンクロするかのように、彼らは視線をゆっくりと、本当にゆっくりと部屋の中の一点に交差させる。

先刻から一言も発しない、麻袋《あさぶくろ》をかぶった男の姿に。

そして、やはりシンクロする形で、二人は全く同時に、最も重要な疑問を思い浮かべた。

ならば――
この男は、一、、、、体、、、誰、、、な、、、の、、、だ?

♂♀

同時刻　池袋某所《いけぶくろぼうしょ》　事務所内

「あっれー?　つかしいな……」

「どうした、田中《たなか》」

同僚《どうりょう》の言葉に、田中トムが周囲を見渡しながら言葉を返す。

「静雄《しずお》とヴァローナと、今日《きょう》は夜番なんだけどよ……静雄の奴《やつ》の姿が見えないんだよな……」

彼の横には同じように周囲を見回すヴァローナの姿があるが、事務所の中でもっとも目立つバーテン服姿の男が見あたらない。

「まーた、なんか変な事に巻き込まれてるんじゃないだろうな?」

♂♀

『しかし、君達も随分《ずいぶん》と過激な真似《まね》をするね。人攫《ひとさら》いまでやるなんて。もしかして、これまでも何人か行方《ゆくえ》不明の探偵《たんてい》さんとか出しちゃってたりするのかな？』

電話から矢継《やつ》ぎ早に聞こえて来る声。

だが、ミミズの耳に、男の声は殆《ほとん》ど入ってこない。

——誰……？

——今電話してるこの男が折原臨也《おりはらいざや》だとすると、この麻袋の奴は……誰なの？

写真を見て、折原臨也の顔は知っている。それを元に、彼女はずっと麻袋の中にいる筈《はず》の臨也の表情を思い浮かべ、愉楽《ゆらく》に浸《ひた》り込んでいたのだ。それが今、前提から全《すべ》て覆《くつがえ》されようとしていた。

自分の頭の中に様々な可能性が浮かんでは消えていく。

だが、全ては根拠《こんきょ》のない妄想《もうそう》として混沌《こんとん》の渦《うず》に呑《の》み込まれ、『ヘヴンスレイヴ』メンバーの来訪という事件と合わせ、彼女の脳味噌《みそ》自体が深い闇《やみ》に包まれつつあった。

「……」

何も考えず、彼女はユラリと麻袋《あさぶくろ》に手を伸ばし、その結び目に手をかける。

だが、よほど硬《かた》く結んでいるのか、何も見えてこない。

「……外すわよ、外すってば」

独り言《ごと》なのか、麻袋の男に言っているのか、どちらとも取れる声色で呟《つぶや》きながら、女は結び目の解《と》けぬままの麻袋を、無理矢理男の頭から破り剝《は》がそうとする。

首にある境目に指をかけ、力任せに麻袋を上に引っ張るミミズ。

その隙間《すきま》から——男のうなじの辺りの黒髪が僅《わず》かに覗《のぞ》く。

♂♀

池袋某所《いけぶくろぼうしょ》　事務所内

「うっす、すいません、遅れました」

扉《とびら》を開けて出てきた静雄《しずお》に、トムは溜息《ためいき》を吐《つ》きながら問いかけた。

「おう、どうしたんだ？　お前が遅刻なんて珍《めずら》しい」

「すんません、ちょっと社長の仕事を手伝ってて」

「あー、なるほどな。理解した理解した」

「社長から依頼される業務とは如何《いか》なる挙動《きょどう》ですか？」

首を傾《かし》げるヴァローナに、トムは更《さら》に深い溜息を吐きながら答えた。

「ボディーガードみたいなもんだ。うちの社長も、色々と敵《てき》が多いんでなあ。……ま、その辺はおいおい説明するさ」

そして、静雄の不在が厄介《やっかい》なトラブル絡《がら》みではなかった事に安堵《あんど》しながら、トムは携帯を手に扉に向かった。

――やっぱ、世の中は平和が一番だよな。

周囲の平穏《へいおん》に感謝しつつ、トムは踏み倒された料金の取り立てという物騒《ぶっそう》極まりない仕事に従事する。

「とりあえずは、今日《きょう》もいつも通りの仕事を始めるとしようや」

「うす」「了解《りょうかい》です」

背後に二人、仕事の内容よりも更《さら》に物騒な二人を引き連れて。

♂♀

同時刻　楽影《らくえい》ジム

「おや、影次郎《えいじろう》はどうした？」

そう尋《たず》ねたのは、ずんぐりとしたシルエットの、巨大な切り株のような体躯《たいく》の男だった。

ずんぐり、と言っても決して背が低いわけではなく、それなりの長身に、タイヤを紡《つむ》ぎ合わせたような筋肉の鎧《よろい》を纏《まと》っている印象の男。

「押忍《オス》！　影次郎さんは、午後の部から姿を見かけません！」

「またサボリか。あいつめ……」

弟子《でし》達の言葉に、男——影次郎の兄である写楽影一郎《しゃらくえいいちろう》は、身体《からだ》に見合った大きな大きな嘆息《たんそく》を吐《は》き出した。

「全く……サボるだけならまだしも、道端《みちばた》で喧嘩《けんか》とかしていなきゃいいんだがな」

♂♀

暗い場所で

四十万《しじま》も、ミミズと同じように焦《あせ》っていた。

――こいつは、折原臨也《おりはらいざや》じゃないのか？

必死に男から麻袋《あさぶくろ》を引き剥《は》がそうとしている女を見ながら、四十万は電話の声に耳を傾け続ける。

『君が四十万君かぁ。雲井《くもい》って人が来た方が面白かったんだけどなぁ』

「……雲井さんを知ってるのか」

『いや、大して知ってるわけじゃないよ。しかしまあ、君は虐《いじ》めないであげても良かったんだけどさ、あからさまに命を狙《ねら》われた上に、妹達にまで手を出されたら困っちゃうよねえ』

電話から聞こえる声に、四十万はギリ、と奥歯を軋《きし》ませた。

――こいつ……どこまで知ってる？

――いや、それより、どうする？　ここから一旦《いったん》離れるべきか？

――ここに、臨也の子飼《こが》いの奴《やつ》が紛《まぎ》れてるのか？

——寧《むし》ろ、俺《おれ》の仲間も信用できなくなったぞ、この状況は！

——あの縛《しば》られてる奴《やつ》はなんだ？

——あいつも臨也《いざや》の仲間か何かか⁉

縛られている人間が突然暴れ出した時、ここにいるのは危険なのではないか？

あるいは、何か警官や粟楠《あわくす》会の組員といった類《たぐい》の人物であった場合、顔を見られたら困るのではないか？

その想像のうち、四十万《しじま》は前者の不安については払拭《ふっしょく》する事にした。

何故《なぜ》なら、椅子《いす》に座る男の身体《からだ》は、およそ鍛《きた》え上げられた様子はなく——怪力や格闘技といった、、、、、、、、、、、、、、ものとは無縁の存在のように思えたからだ。

♂♀

同時刻　都内某所《ぼうしょ》　裏通り

「……ったく、面倒臭《めんどうくせ》えったらありゃしねえや。あーあーおーおー。人数だけ揃《そろ》えやがってこの馬鹿共がよぉ」
気だるげに呟《つぶや》く男——写楽影次郎《しゃらくえいじろう》は、周囲に倒れる十名程《ほど》の男達の中心に立ちながら呟いた。

そんな異常な風景の中に、少女の無邪気《むじゃき》な声が響《ひび》き渡る。

「師匠《ししょう》、大丈夫《だいじょうぶ》？　怪我《けが》とかない？」

「ねえよ。つーか、それ俺の台詞《せりふ》じゃね？」

呆《あき》れた声をあげる影次郎に、少女——舞流《まいる》はニヒヒと笑いながら、師匠に対して問いかける。

「でも、私だけじゃ本当に危なかったよ、この人達、結構強かったもん！」

「ったく、サボって街ぃブラついてたらよ、たまたまお前と、お前の後をノコノコつけてる馬鹿共がいるじゃねえか。ま、運が良かったな」

「そんなこと言って、ホントは見張っててくれたんでしょ？　私が今朝《けさ》、『ここ何日か、へんな奴《やつ》らに見張られてるかも』なんて話したから！　師匠ってそういうところ奥ゆかしいよね！どうもありがとう師匠！　実はロリコンなんじゃないの!?」

「まて、最後おかしいだろ！　繋《つな》がってねえだろ、それまでのありがとうって言葉と！」

そんな会話を続ける二人を、遠くから眺《なが》める男が一人。

直接襲《おそ》った面子《メンツ》とは別口の——『ヘヴンスレイヴ』売人グループの一人だ。

手にはボウガンが握《にぎ》られており、照準はまっすぐ影次郎の身体へと絞《しぼ》られていた。

——マジかよ、女の足でも撃《う》って、楽に掻《か》っ攫《さら》う計画がよ……。

——とりあえず人通りもねえし、男を先に排除《はいじょ》しとくか。

計画を諦《あきら》めるという考えは微塵《みじん》もないようで、彼らを襲《おそ》った謎《なぞ》の集団のせいにして少女を攫《さら》うのが一番手っ取り早いと考えた。

当たり所が悪ければ確実に命を奪《うば》うであろう改造ボウガンだったが、それまでの男の喧嘩《けんか》っぷりを見ていたせいか、微塵の躊躇《ためら》いもなく撃《う》ち放つ。

だが──

「大体舞流《まいる》はなぁ……っとぉ！」

唐突《とうとつ》に声をあげ、背後に身体《からだ》を捻《ひね》る影次郎《えいじろう》。

ガッ、と、何か衝突《しょうとつ》音のような物が同時に路地裏に響《ひび》き渡る。

彼の右足は大地から頭上まで蹴《け》り上げられており──少し遅れて、空から回転する棒状《ぼうじょう》の物体が落ちてきた。

それをパシリと右手で受け取り、ボウガンの矢である事を確認する。

「……」

無言のまま、足元に落ちている石を拾《ひろ》い上げ──

路地から出た所にある、公園の茂みに向かって投げつけた。

砲弾《ほうだん》のような勢いで飛ぶ石は、真《ま》っ直《す》ぐに茂みへと吸い込まれ──

「ぼっ」

という低い叫びが聞こえた後、何かが倒れる音がする。

相手に直撃《ちょくげき》した事を確認すると、影次郎は気だるげに首を回し、ゴキゴキと音をさせながら呟《つぶや》いた。

「ったく、不意《ふい》打ちするなら、もっと遠くから狙撃《そげき》すっか、寝込みに家に火でも点《つ》けやがれって話だよ。なあ？」

「ていうか、凄《すご》い勢いで石投げたけど、当たりどころ悪かったら死ぬんじゃない？」

茂みの方に目を向ける舞流に、影次郎は静かに告げる。

「……俺《おれ》さ、思うんだけどよ。格闘《かくとう》家は行　住坐臥《ぎょうじゅうざが》武人《ぶじん》であるべきだから、不意打ちは卑怯《ひきょう》じゃないっつーけどよ……。逆に言うなら、格闘家相手に路上で不意打ちした奴《やつ》は、殺されても文句言えねえって話じゃね？　試合じゃねえんだからよ？」

「警察がその意見に納得《なっとく》してくれるといいね」

ニコやかな笑顔で言う舞流の言葉に、影次郎はブツブツと文句を言いながら茂みの方へと歩いていった。

一方、舞流も舞流で、急に真面目《まじめ》な面持《おもも》ちとなって携帯電話を取り出した。

彼女は姉《あね》を迎えにいく途中《とちゅう》だったのだが、姉も自分と同じように襲われているのではないかと心配になったのだ。

だが、九瑠璃《くるり》はすぐに携帯に出て、とりあえず舞流を安堵《あんど》させた。

そして、舞流《まいる》は危ないから人通りの多い場所で待つようにと告げたのだが――

返ってきたのは、意外な答えだった。

『安《大丈夫》……既《もう》……了《終わったから》……』

「え？　終わったってどういう事？　クル姉《ねえ》？」

『……怪《首無しライダーさんが》……我《私を》……助《守ってくれたの》……』

♂♀

「……謝《ありがとう》……々《ございました》……」

電話を切った後、九瑠璃《くるり》は改めて目の前にいる『存在』に頭を下げた。

消え入るような彼女の声に、セルティは優しい手つきでＰＤＡに文字を打ち込んだ。

『御礼なら、君のお兄《にい》さんに言うといい』

「……兄《兄さんに》……？」

『ああ、もう一人の妹が道場にいる間、君の方を守っていてくれって、頼まれたんだ』

そう言うセルティの傍《そば》には――数人の男達が倒れていた。

顔には防護ゴーグルとマスクのようなものを付けており、顔だけ見れば、サバイバルゲームでもやりにきたかのような格好だ。

恐らくは、彼女が防犯スプレーなどを使うという情報を知っての事なのだろうが——不思議だったのは、別のグループと思しき男達も途中《とちゅう》から襲《おそ》いかかって来たという事だ。もっとも、そちらはすぐに逃げ出してしまったのだが。

とりあえず安全を確保したと判断し、セルティは胸をなで下ろしながら心中《しんちゅう》で呟《つぶや》いた。

——しかし、肝心《かんじん》の臨也《いざや》本人は、どこで何をやってるんだ？

♂♀

暗い場所で
『いやあ、本当に気持ちが良いよ。おろおろしてる君達の様子を電話越しに楽しむのはさ』

電話口から聞こえる声に、四十万《しじま》は更《さら》に強く歯軋《はぎし》りをした後、平静を装いながら口を開く。

「何が望みだ？」

『何が望みかって？　そうだね、とりあえず……そこにいるミミズちゃん？　アンフィスバエナの女の子、電話をほっぽり出しちゃってるみたいだからさ、ちゃんと持たせてくれないかな？

じゃないと話が進まないよ』

その言葉を聞き、四十万《しじま》は心中《しんちゅう》で舌打《したう》ちしながら、必死に麻袋《あさぶくろ》を破こうとしている女に近づいた。

「……携帯に出ろとさ」

「何よ……話す事なんて……ああ、もう！」

彼女も己の中で様々な混乱と戦っているのだろう。左手で麻袋の結び目を解こうとしながら、右手で再び電話を持った。

『やあ、息づかいが聞こえてきたよ？　電話に出てくれたのかな？』

「……ちょっと……こいつは一体誰なのよ！」

もはや先刻までの余裕《よゆう》など無く、焦燥《しょうそう》に満ちた声で問い叫ぶミミズ。

そんな彼女に対し、電話の相手は楽しそうに告げた。

『それじゃあ、ここでクイズの時間でーす』

「は？」

「巫山戯《ふざけ》てるのか？」

『第一問。【アンフィスバエナ】オーナーのトカゲさんと、、、、【ヘヴンスレイヴ】の雲井《くもい》さんの共通点はなんでしょうか？』

刹那《せつな》、ミミズと四十万、二人の心が急激に動きを止めた。

恐らくは、冷水をいきなり浴びせかけられた時の気分に近いだろう。

二人にとって、それほどの冷たい怖気《おぞけ》が、今の問題文に含まれていたのだ。

「なんで……オーナーの渾名《あだな》がトカゲだって……」

ミミズの呟《つぶや》きを無視し、電話の向こう側でショーの司会者が笑う。

『ブブー、はい、時間切れでーす。正解は、「左右対称、両目の下に泣きぼくろがある」でした！　続いて第二問！』

「なんで……なんであなた、オーナーの顔……知って……知ってるのよ！」

「……」

叫ぶミミズとは対称的に、四十万は無言のまま顔を青くしている。

何を話しているのか解《わか》らないのだろう、周囲の人間達は、ミミズの部下も四十万の部下も、等しく混乱した表情で様子を窺《うかが》っている状態だ。

『さて、その部屋にいる麻袋の男。その袋の下にある顔にはぁ……泣きぼくろはあるのでしょうか、無いのでしょうか……？』

「えっ……？」

「……っ！」

『ついでに第三問です！　さてさて、果たして、その、中、に、い、る、の、は、トカ、ゲ、さ、ん、と、雲、井、さ、ん、果たしてどちらなのでしょうかぁ……？』

ここで、二人の思考が一瞬《いっしゅん》だけ完全に停止した。

ミミズは、電話の言葉の意味を理解したくないという思い。

一方の四十万《しじま》は、別の『恐怖《きょうふ》』によって思考を支配されていた。

――嘘《うそ》だろう……?

――折原臨也《おりはらいざや》……。まさか、本当に、雲井《くもい》さんを……?

――だとしたら、だとしたら不味《まず》い事になる。

思考停止から回復し、その反動でいくつかの懸念《けねん》を頭に抱《いだ》いた四十万は、即座に行動に移る事にした。

「嘘……嘘だ! オーナーの、オーナーの筈《はず》、嘘だぁぁ!」

自分が麻袋《あさぶくろ》の男に対して行ってきた事を思い出したのか、ミミズは頭を抱《かか》えながらその場にしゃがみ込んでいる。

四十万はそんな彼女と麻袋の男の間に割り込み、平静を装った顔で淡々《たんたん》と呟《つぶや》いた。

「らちが明かない。結び目を切るよ」

そして、懐《ふところ》から出した小振《こぶ》りのナイフを手に、ゆっくりと、ゆっくりと男の首筋にその刃物《はもの》を近づけていく。

だが――

ナイフを握《にぎ》る彼の腕《うで》が、麻袋を被っていた男自身の手によって、あっさりと掴《つか》み止められた。

「え……？」

「なっ……」

後ろ手に縛《しば》られていた筈《はず》の男の両腕が、いつの間にか自由になっているではないか。

そして——左手で四十万の腕を止め、右手には、どこから取り出したのか、彼自身のナイフを握《にぎ》り込んでいる。

「今……何をしようとしたのかな？」

四十万を押さえたまま、ゆっくりとナイフを自分の首筋にあてがい、首と袋の間に差し込んだ。

プツ、ブツ、という音が数回響《ひび》き、袋の端《はし》ごと結び目が弾《はじ》け飛ぶ。

男はそのままナイフを折り畳《たた》み、灯油に濡《ぬ》れた麻袋をゆっくりと引き剝《は》がした。

現れたのは——笑顔。

他者を見下す笑みとも、友愛の笑みとも、愉楽《ゆらく》の笑みとも違う——不気味《ぶきみ》とも心地好いとも言えない、感情を読み取らせない為《ため》に浮かべたとすら思える笑顔が、麻袋の下から現れたのだ。

「やあ」

笑顔が、言葉を吐《は》いた。

いや、ミミズと四十万《しじま》は、それが『笑顔』という物体などではなく、別の名前を持っている事を知っている。

知っているからこそ、彼らの心は混沌《こんとん》を通り越し、完全な闇《やみ》へ足を引きずり込まれ始めた。

「初めまして、って言うべきかな？」

「折原《おりはら》……」「臨也《いざや》……？」

ミミズと四十万が、順を追う形でその名を告げた。

目の前にいるのは、写真などで見た『折原臨也』に他《ほか》ならない。

ならば、今、電話に出ているのは？

そもそも、何故《なぜ》ここに？

どうして笑っている？

謎《なぞ》、謎、謎。

理解できない事象が連続して襲《おそ》いかかり、遅れてこの場に現れた四十万はともかく、ミミズは泣きそうな顔になりながら『オーナー……助けて？』と呟《つぶや》いている。

「やれやれ、灯油をかけられるとは思わなかったな。ああ、ちなみに、シンナーと違ってすぐにラリったりする事はないよ」

跳躍《ちょうやく》の速度は四十万達《しじま》の予想の範疇《はんちゅう》を超えており、店の入口付近で戦っていた美影《みかげ》が、一瞬《いっしゅん》だけ足を止めて『へえ……』と感嘆《かんたん》の声をあげる程《ごと》だ。

単なる拷問《ごうもん》係の女ではないという事を示すかの如く、跳躍の勢いを全く殺さぬまま、右手に握《にぎ》る凶器《きょうき》を思い切り臨也《いざや》の喉元《のどもと》めがけて突《つ》きだした。

手首による捻《ひね》りが加えられており、直撃《ちょくげき》すれば、割れた瓶《ビン》の断面は容赦《ようしゃ》なく臨也の頸動脈《けいどうみゃく》を抉《えぐ》り斬《き》る事だろう。

しかし、臨也はそれを紙一重《かみひとえ》で躱《かわ》し、そのままカウンターの裏へと転がり込む。

ミミズは躊躇《ためら》いなく後を追い、カウンターの奥に飛び込んだのだが、そこには既《すで》に臨也の姿はない。

「何処《どこ》に行った！」

彼女の叫びに答えるように、いつの間にかカウンターの外側に出ていた臨也が、困ったように肩《かた》を竦《すく》め、あっさりとした口調《くちょう》で呟《つぶや》いた。

「しかし困ったなあ。俺《おれ》に女の子を殴《なぐ》る趣味はないんだ」

「笑えるね、折原《おりはら》臨也！　この期《ご》に及んでフェミニスト気取り……？　じゃあ、一方的にぶっ殺しても文句はないって事だよねえ！」

「こういうケースでフェミニストって単語は当てはまらないと思うよ？　まあ、殺されるのも御免《ごめん》ではあるけどね」

クツクツと笑う臨也に、ミミズは再び飛びかかろうと、常人離れした脚力でカウンターに飛び乗ったのだが——

「だから、友達に任せる事にするよ」

臨也がそう呟いた瞬間《しゅんかん》、彼女の膝《ひざ》に衝撃《しょうげき》が走った。

「っっ……っっ!?」

身体《からだ》の中で何かが割れた。

そう感じた瞬間、膝から先の感覚が無くなり、カウンターの上に倒れ込んでしまう。

「〜〜〜〜〜〜〜〜っ！　っっっっっ！」

膝から全身に放たれる激痛で、声をあげる事は疎《おろ》か、呼吸すらままならない。

両手から瓶を取り落とし、床《ゆか》に落ちると同時に派手《はで》な音を出して砕《くだ》け散った。

一体何が起こったのか。痛みの衝撃に耐えつつ、必死に脳味噌《みそ》を働かせるミミズ。

しかし、答えは彼女の脳内ではなく、彼女の視覚と聴覚からもたらされた。

「お前……さっき、クイズ0点だったよなぁ？」

見ると、カウンターの前に肘《ひじ》をつき、倒れる自分を眺《なが》める一人の男の姿があった。

声には聞き覚えがある。先刻、臨也を名乗って電話してきた男の声だ。

「というわけでぇ、可愛《かわい》いお嬢《じょう》ちゃんに、楽しい楽しい罰《ばつ》ゲームの始まりでぇす」

「うあ……がっ……てめっ……」

もはや女性らしい言葉使いすら失い、ミミズは痛みに耐えながら男を睨《にら》み付けた。

すると、それに合わせるかのように──顔の右側に火傷《やけど》を負ったサングラスの男は、手にしていた硬質《こうしつ》ゴムのハンマーを容赦《ようしゃ》なく女の指先に振り下ろした。

「──────っっっっ！」

奇《く》しくも、彼女が指を叩《たた》き潰《つぶ》された場所は──以前、自分達に敵対《てきたい》していた者の指をミミズの手で叩き潰した場所だった。

古い血の染みの上に、自分の血が流れ込む。

絶叫をあげる彼女の口に、サングラスの男──泉井蘭《いずみいらん》は、何か布のようなものをねじ込んだ。

「むぐぉぉ！」

そして、ミミズはその布がなんなのか、即座に理解する事ができた。

舌《した》に当たるざらついた感触《かんしょく》と、鼻につく灯油の匂《にお》いが──その布が、先ほどまで臨也《いざや》の頭に被《かぶ》せられていた麻袋《あさぶくろ》だと告げていた。

「ハッピーいいいいバぁあースデぇぇーー」

泉井はそう呟《つぶや》きながらライターを取り出し──やはり、やはり何の躊躇《ためら》いもなく、ミミズの口にねじ込んだ布に火を点《つ》けた。

数十秒後――

泉井の足元には、全身が傷だらけとなったミミズの身体《からだ》が転がっていた。

口にねじ込まれた麻袋に点《つ》いた火を消そうと、カウンターから床《ゆか》まで転がり落ちた結果――

火はなんとか消えたものの、床《ゆか》に散らばっていた瓶《ビン》の破片で無数の傷を負うハメになった。

更《さら》に言うなら――無事だった方の膝《ひざ》も、泉井の持っていたハンマーで砕《くだ》かれて、今は痛みで完全に意識を失っている状態だった。

「ははっ、なんかよぉ……昔を思い出すぜ。なあおい」

狂的な笑みを浮かべ、ミミズの身体を足でゴロリと仰向《あおむ》けにする泉井。

「良く見りゃ、わりといい女じゃねえかよ」

そして、周囲に大勢の人間がいるにも関わらず、女の服に手をかけ――――

「やめな、泉井」

横から浴びせ掛けられた美影《みかげ》の声に、泉井はその手をピタリと止める。

「なんだよ。何で止める？　こいつは何人もいたぶってきた悪党なんだろ？」

「ああ、だから、そのまま顔面をトンカチで殴《なぐ》り潰そうが、焼き殺そうが、文句は言わないよ」

さらりととんでもない事を言った後、美影は表情一つ変えずに言葉の続きを吐《は》き出した。

「だけど、そいつを女として襲《おそ》う……って言うなら、アタシがあんたを殺すよ、泉井」

すると泉井は、露骨《ろこつ》に舌打《したう》ちをしながらも、ミミズの服に伸ばしていた手を素直に下げる。

「テメエに指図《さしず》される覚えはねえ……が、ここは一つ貸しにしとくか。代わりに、今度テメエが俺《おれ》の相手してくれんだろうな？　ええ？」

「アタシを押し倒せるつもりなら、やってみな」

殺気を含んだ美影《みかげ》の言葉に、泉井《いずみい》は再度舌打《したう》ちをし、ヘラヘラと笑いながら部屋の外に出て行った。


――……。


成り行きを呆然《ぼうぜん》と見守っていた四十万《しじま》は、危険人物の一人が外に出た事に安堵《あんど》する。

しかし、同時に、その光景はひとつの事実を四十万に伝えていた。

美影に襲《おそ》いかかっていた『ヘヴンスレイヴ』の仲間達は、既《すで》に全滅しているのだという事を。

――なんだ、これ。

――僕《ぼく》の前で……何が起こってるんだ……？

そんな彼にも、ただひとつだけハッキリと解《わか》る事があった。

このバーの内部に、現在、動ける状態の味方は一人もいないという事に。

そんな彼に、折原臨也《おりはらいざや》はゆっくりと近づき、耳元で囁《ささや》いた。

「やあ、やっとまともに話ができる状態になったかな？」

「……」

「さっきさぁ……君、麻袋を被ってた俺を刺そうとしたよね？」

「……！」

臨也《いざや》の言葉に、四十万《しじま》はビクリと身体《からだ》を震《ふる》わせ、思わず背後を振り返った。

仲間達は美影《みかげ》にやられて気絶しているか、立ち上がれずに床《ゆか》で呻《うめ》いてる者ばかりだ。恐らく、臨也の囁《ささや》き声が聞こえているという事はないだろう。

「大丈夫《だいじょうぶ》だよ。君の仲間にそれをバラすつもりもない。しかし、君も大胆《だいたん》だねぇ。麻袋《あさぶくろ》の下にいるのが雲井《くもい》さんだったら、そのまま刺《さ》し殺そうとするなんて、簡単に決意できる事じゃない」

「……」

「どうやら、君と雲井さんの関係は、推測した通りみたいだ」

満足げに頷《うなず》く臨也に、四十万は手の平の汗《あせ》を握《にぎ》りしめながら問いかけた。

「僕《ぼく》を……その、どうする気ですか」

青年の至極《しごく》単純な疑問に対し、臨也はミミズの方にもチラリと目を向け、答える。

「もしよければ、君達も粟楠《あわくす》会に狙《ねら》われるような真似《まね》から足を洗って、身を委《ゆだ》ねるといいよ。ダラーズにね。俺《おれ》が仲介《ちゅうかい》するよ」

「ダラーズの情報網があれば……もしかしたら、『アンフィスバエナ』のオーナーや……雲井さんの今の消息が解るかもしれないよ？」

♂♀

「うまい事、権力者の孫を仲間に引き入れたのね」

バーの外に出た臨也に、入口横に立っていた女が声をかけてきた。

「別に、権力者目当てなわけじゃないさ。粟楠会の依頼に、たまたまついてきたオマケだよ」

臨也の答えに、長い髪《かみ》の女——贄川春奈《にえかわはるな》は、小さく嗤《わら》いながら言葉を続ける。

「で、私はこの後、何をすればいいのかしら？」

「どうも、ミミズって子の方は、俺の説得を受け入れてくれそうに無いからね。君が説得してくれないかな？」

何故《なぜ》か首に包帯《ほうたい》を巻いている春奈は、目を爛々《らんらん》と輝かせながら、笑う、笑う、笑う。

「ねえ、本当に、貴方《あなた》の言う通りにしてたら、隆志《たかし》に会わせてくれるの？」

「会えるかどうかは君次第さ。俺はただ、情報を教えるだけだよ」

「ふうん……」

次の瞬間《しゅんかん》、二人の間に鋭い金属音が鳴り響《ひび》く。

春奈が突きだしたナイフを、臨也が自前のナイフで受け捌《さば》いたのだ。

「……残念。貴方を操《あやつ》れば、すぐに解《わか》ると思ったのに。隆志の居場所」

「俺《おれ》は人間が好きだからね。人間以外の化物《ばけもの》の力に好き勝手されるのは御免被《ごめんこうむ》るよ」

「その化物の力を利用してる奴《やつ》が、よく言うわね」

ストレートな春奈《はるな》の物言いに、臨也《いざや》は肩《かた》を竦《すく》めながら呟《つぶや》いた。

「確かに、半分は不本意かな。でも、もう、散々デュラハンっていう化物に世話になってるからね。その辺は割り切る事にしたよ。君の力は極力使わない事にするけれど、今回は、使わないと色々と厄介《やっかい》な事になりそうだったからね」

そして、臨也は少し間を置いた後、春奈に対して一つだけ告げる。

「それにね、君の事は人間として尊敬しているんだよ。君は、罪歌《さいか》を完全に受け入れて人間をやめてしまった園原杏里《そのはらあんり》とは違う。自力で罪歌を克服《こくふく》し、人間として罪歌を逆に支配したんだ」

「あの泥棒猫《どろぼうねこ》に比べたら、私の罪歌は弱い力に過ぎないわ」

首を軽く横に傾け、ユラリと笑う春奈。

「それと……自力じゃないわ。隆志《たかし》への愛の力よ」

臨也はそんな彼女を見て自らも笑い、軽く手を振りながら背を向ける。

「安心していいよ。罪歌の力は園原杏里より弱いかもしれないけれど、その分、君は強い」

「なんせ、二度も罪歌の支配に打ち勝ったんだからね」

♂♀

数日後　都内某所《ぼうしょ》　高級車内

「……というわけで、『アンフィスバエナ』のメンバーは、既《すで》に活動を停止しているみたいでした。トカゲと名乗るオーナーは、俺が調べ始めた時点でとっくに姿を消していますね。遠くに逃げたんでしょう。粟楠《あわくす》さんがミカジメを取ってる賭場《とば》にも、すぐに客が戻ると思いますよ」

後部座席の左側で、いけしゃあしゃあと語る臨也《いざや》に対し、横に座る四木《しき》がいつも通りの口調《くちょう》で呟いた。

「……その、リーダー以外の人間についての所在は解らないんですか？」

「一応調べましたけれど、大半は一般人ですよ。話を聞いても何も出てこないと思いますし、もう活動が無い以上は、無理に締め上げる必要もないんじゃないですか？」

「それは、我々が判断する事です……が、まあいいでしょう。もしもまた活動があった時、その名簿《めいぼ》はタダで渡して貰《もら》いますよ」

「それはどうも。ま、結局リーダーの所在は掴《つか》めなかったんで、追加報酬《ほうしゅう》は要《い》りませんよ。前金だけで充分です」

残念そうに肩《かた》を竦《すく》める臨也《いざや》に、四木《しき》は一つ問いかけた。

「……ところで、例の大学生の売人グループ……一昨日《おととい》ぐらいから、急に『市場』から姿を消したんですが、何か心当たりはありませんかねぇ？」

「さあ？　それこそ、『アンフィスバエナ』の残党と潰《つぶ》し合いでもしたんじゃないですか？」

楽しそうに言う臨也に、四木は小さく笑い——声に己の感情を乗せて呟《つぶや》いた。

「情報屋……世の中が、いつもお前の望み通りに回ると思うなよ？」

笑顔で紡《つむ》がれた言葉だが、臓腑《ぞうふ》を抉《えぐ》るかのように重く鋭い言葉だった。

しかし、臨也はその言葉を正面から受けた上で、更《さら》に自分の答えを返す。

「やだなあ、望み通りに回らないから、世界は面白いんじゃないですか」

四木は視線だけを臨也に向け、両手の指を絡《から》ませながら問いかける。

「俺《おれ》達が何も分かって無いとは、流石《さすが》に思ってないよな？」

「……」

沈黙《ちんもく》で答える臨也に、四木はあえてそれ以上追及しようとはしなかった。

「さて、商談に戻りますが……あ、そうそう。うちの赤林《あかばやし》が、貴方《あなた》に話があるそうです。都合《つごう》の良いときに彼に連絡《れんらく》を入れて頂ければ幸いです」

唐突《とうとつ》に仕事モードに戻る四木に、臨也は表情を変えずに答えた。

「ええ、すぐに連絡をしますよ」

そして、僅《わず》かに微笑《ほほえ》んだ後、皮肉げに笑いながら呟いた。

「私は、多くの皆さんに存分に利用される事を生業《なりわい》としていますから」

「それが、情報屋としての……いいえ、折原《おりはら》臨也としての、私の幸福ですよ」

エピローグ＆ネクストプロローグ　俺

――やあ、奈倉《なくら》君、お疲れ様。

「……」

――無線で聞いてたけど、名演技だったねぇ。相変わらず、君は嘘《うそ》が上手《うま》いなあ。

「あなたに、散々やらされてきましたから」

――それにしても『あいつが普通じゃないってのは一発で解《わか》る』かあ。アドリブにしては、面白い事を言ったもんだ。

「何か問題でもありましたか？」

――いやいや、問題なんてないよ！　ただ、本当に俺《おれ》の事を『普通じゃない』って気付いてたら、俺に完全に名前を奪《うば》われる事も、こんな小芝居《こしばい》する事も無かったろうにね。って思ったら、なんかもうおかしくってさ。

「マジで勘弁《かんべん》して下さい。臨也《いざや》さん。あの鯨木《くじらぎ》って女、絶対保険会社の人間じゃないでしょ!?　ヤクザとか、そっち関係に巻き込むのだけはマジでマジで許して下さい！」

――おやおや、観察眼は一人前になったみたいだね。確かに保険会社の外交員ってのは嘘《うそ》っぱちだよ。彼女の名前が鯨木《くじらぎ》っていうのは本当だけどね。まあ、ヤクザとも少し違うから安心していいよ。

「ほ、本当ですか」

――ああ、本当さ。ていうか、感謝して欲しいね。君、もう少しで、粟楠《あわくす》会に二重に狙《ねら》われる所だったんだぜ？

「……え？」

――覚えてるかな。高校3年の頃……『アンフィ、、、、スバエナ、、』ってグルー、、プを、、俺、、と一、、緒に、、作った事があ、、ったの、、覚えてるか、、い？

「え、ええ……中学の時の……野球賭博《とばく》の発展系みたいな奴《やつ》ですよね。身元を隠《かく》して作った」

――そう、それ。君がトカゲって名乗ってた奴。

「でも、あれ、すぐに潰《つぶ》れた筈《はず》じゃ……」

――あの時、メンバーの中にさ、ミミズって渾名《あだな》の女の子がいたの、覚えてる？

「いえ、全然」

――だよね。俺《おれ》も知らなかったぐらいだからさ。本当に下《した》っ端《ぱ》だったか、あるいは、メンバーに憧《あこが》れるだけの参加者だったかもしれない。

「そのミミズって子が、どうしたんですか」

——その子が、『アンフィスバエナ』の名前を受け継《つ》いで、粟楠会の縄張《なわば》りを荒らしてたのさ。あの頃よりも、遙《はる》かに規模の大きい賭博組織を作ってね。

「……は？」

——いやあ、面白かったよ。トカゲ……つまり君は何年も前にとっくに姿を消してるのに、君の事を『オーナー』『オーナー』って、凄《すご》い崇拝《すうはい》してた。

「おい、待ってくださいよ、どういう事すかそれ」

——きっと、彼女の脳味噌《みそ》の中では、自分がオーナー……つまり君の恋人だと思い込んで、仲間にもそれを信じさせてたんだろうねえ。オーナーに連絡《れんらく》できるのは自分だけだっていう風にさ。

「いや、話が全然見えないんすけど！」

——大丈夫《だいじょうぶ》、君は心配しなくていいよ。もう解決した事だから。

「そ、そうですか？」

——でも本当に傑作《けっさく》だったのは……そいつらと敵対《てきたい》してたのが……あの、四十万《しじま》だよ。

「えっ!? し、四十万って……。俺《おれ》らが大学卒業してから、実験で合法ドラッグの地下クラブを作った時の……あいつですか？」

——そう、ボンボンの四十万君。俺は一切顔を出さなかったけど、奈倉《なくら》は、雲井《くもい》って名前で互助会創設者みたいな立ち位置だったよね。

「あ、あいつが、何を？」

――合法じゃなくて、違法のドラッグを作ってたよ。

「……はい？」

――しかも、全《すべ》ては『雲井《くもい》さん』の指示って事にしてね。

「ちょ！　ちょ、ちょ！　ま！　ちょ！　ちが、嘘《うそ》でしょ⁉」

――面白い反応するね。眠《ねむ》いのかい？

「違いますよ！　なんで、なんで俺《おれ》の偽名《ぎめい》がそんなとこで⁉」

――四十万《しじま》君、彼は中々の遣《や》り手だよ。彼は、自分をナンバー2に据《す》えて、自分が雲井から『架空《かくう》の制裁《せいさい》』を受ける事で、メンバーに恐怖《きょうふ》を植え付けたんだ。雲井という人間に対する恐怖をね。

「……」

――でも、彼は大したもんだね。本当に、自分の前歯に穴を開けたり、腕《うで》にダーツの矢で傷を付けたり……。あそこまでいくと、一種の信仰かもしれないな。

「俺、もう厭《いや》です。勘弁《かんべん》して下さい！　どうすればいいんですか……助けて下さいよ……！」

――だから、助けてあげたよ？　四十万君の件についても、もう気にする事はない。

「本当ですか……？」

――ああ、だから、君は何も心配する事はないんだ。

——とにかく、これからもよろしく頼むよ。

「……」

——万が一の時は……新羅《しんら》にまた顔を変えて貰えばいいさ。現に、両方の泣きぼくろを手術で取ったり、いくつか顔の特徴を弄《いじ》った君の事は……多分、ミミズって子も四十万君も解《わか》らないんじゃないかな？

「俺、どうすれば……どうすればいいんですか！」

——どうもしなくていいよ。

「……」

——後悔するなら、過去の自分に文句を言うんだね。それじゃ、また連絡《れんらく》するよ。

「え、ええ、それじゃあ」

——バイバイ。

「……」

「……うあ」

「うあああぁぁぁああぁ！　畜生《ちくしょう》畜生畜生アアアアアっ！」

「なんで……なんで俺がこんな……こんな目に……っ！」

「何だよぁあらぁっ！　俺《おれ》が、俺何した、俺が何したってン……した、したよな、ウア、ウ」

「なんで……なんで俺は……あ、あ、あ、あんな事を……！」

♂♀

12年前　夏休み最終日　来神《らいじん》中学校　生物室

「だからさ、野球賭博《とばく》とか、良くないと思うよ？」

「まだ言うのか。呆《あき》れたな」

もう、どのぐらいこの言い合いが続いているだろうか。

臨也《いざや》は少しうんざりしながら、目の前の部長を睨《ね》め付ける。

彼が生物部の副部長として夏休みの植物管理を買って出たのには、ある目的があった。

定期的に入り浸《びた》る事になるこの生物室を、野球賭博の取引現場とする為《ため》だ。

食虫植物を見たい、と称して生物室に来た一般生徒達。だが、彼らの殆《ほとん》どは食虫植物などではなく、野球賭博の胴元《どうもと》である臨也に会いに来るのが目的だった。

植物観賞という建前がある以上、教師にもバレる事なく、仕事は暫《しばら》く順調に進んでいたのだが——夏休みの最終日というこの日、たまたま生物部の部長である岸谷新羅《きしたにしんら》に、賭博の現場を見られてしまったのだ。

そして、彼はしつこく臨也に止《や》めるように説得し続けていたのだ。

部長——岸谷新羅は、正義感から言っているわけではない。

それは臨也も理解していた。

恐らくは、彼の『片想いの相手』に認められる為《ため》、自分を正義の味方に仕立て上げようとしているのだろう。

臨也はそんな新羅になんとなく苛立《いらだ》ちを覚え、頑《かたく》なに拒否し続けたのだが——

新羅は、そんな臨也に対して、怒るでも悲しむでもなく、ただ淡々《たんたん》と仕事を辞めるように説得し続けていたのである。

「新羅、君は馬鹿か？　それじゃまるで君は、自分の意思すらない、家族にいい顔をするだけの操《あやつ》り人形みたいだ」

「大事な人と糸が繋《つな》がるなら、俺は人形でも別にいいんだ」

「話にならないな」

臨也は本当に苛立ちを覚え、そんな会話をしてから暫《しば》し沈黙《ちんもく》していたのだが——

その沈黙を打ち破ったのは、臨也でも新羅でもなく——静かに扉《とびら》を開けて現れた、第三者の少年だった。

「……臨也《いざや》ぁ」

ぼそりと呟《つぶや》いた少年に、新羅《しんら》が笑顔で手をあげる。

「やあ、奈《な》倉《くら》君じゃないか。食虫植物を見に来たのかい？」

級友の挨拶《あいさつ》を無視して、両目の下の泣きぼくろが特徴的な少年は、ゆっくりと臨也に近づいていった。

「……どうしたんだい？　今日《きょう》は、もう賭《か》けは締め切ってるよ？」

その言葉だけで、奈倉が『野球賭博《とばく》』の常連である事が理解できる。新羅はこれといって表情を変化させず、臨也と奈倉の間で視線を往復させ続ける。

「なあ……頼むよ、金ぇ、貸してくれよ」

どこか虚《うつ》ろな表情で、唇《くちびる》を震《ふる》わせながら臨也に歩み寄る奈倉。

「金貸しはやってないよ」

「じゃあ、昨日《きのう》まで賭けた金、アレ、返しくれよ……。まずいんだよ、このままじゃ、親父《おやじ》の財布《さいふ》から金を抜いたのがバレちまうんだよぉ……」

「自業自得《じごうじとく》だろう？　俺《おれ》は、賭けを強制した事は一度も無いんだからね」

冷たく笑う臨也に、奈倉は唇を一際《ひときわ》強く震《ふる》わせた後——

ポケットから小さなナイフを勢い良く取り出し、唇以上に震える掌《てのひら》に握《にぎ》り込んだ。

「……本気かい？　奈倉君」

スウ、と、目を細めて尋《たず》ねる臨也に、奈倉は歯をガチガチと打ち鳴らしつつ言葉を綴《つづ》る。

「出せって、出せっつってんだよ、返せ、かえっ……返せよ!」

自分でも何を言っているのか良く解《わか》っていないのだろう。ろれつすら回っていない状態で、ナイフを手に一歩一歩臨也へと近づき――

「正直な話、君にそのお金を返す価値があるとは思えないな。知ってるんだよ。君、何度か賭けに勝った人の後を尾《つ》けたりしてたろ? 苦情が来てるんだよ」

臨也がそんな事実を口にした次の瞬間《しゅんかん》、奈倉はワナワナと勢い良く駆《か》け出した。

「いっ……いいから返せ、返せよぉ……ラアっ!」

「……馬鹿な奴《やつ》だね、本当に」

臨也は僅《わず》かに緊張《きんちょう》の色を瞳《ひとみ》に浮かべ、相手を迎撃《げいげき》すべく近場の椅子《いす》に手をかけたのだが――

緊張が最大限に高まった二人の間に、唐突《とうとつ》に新羅が飛び込んできた。

「まつぐぼっ」

恐らく『待て』というような事を言いたかったのだろう。

だが、間に割り込んだにも関わらず、奈倉は欠片《かけら》も止まる事はなかった。

腹に衝撃《しょうげき》を受けた結果生まれたのが「まつぐぼ」という奇妙《きみょう》な叫びであり――

副産物として、血が生物室の中に散らばった。

そして、自分の握るナイフに血の付いているのを見て、途端《とたん》に奈倉の顔が蒼白《そうはく》になっていく。

「あっ……え？　ち、ちが、ちが、ちがう、俺《おれ》、脅《おど》かすつもりで、臨也《いざや》、を」

　自分が何をしたのか認めたくないのか、先刻以上に唇《くちびる》を震《ふる》わせながら、必死に首を左右に振る奈倉《なくら》。

「俺じゃない、俺じゃ、悪くない、俺、うあ、うあああああああ！」

　彼はそのままナイフを投げ捨て、生物室から走り去ってしまった。

　臨也は倒れた新羅《しんら》に駆《か》け寄り、ナイフが当たったと思しき脇腹に目を向ける。

　内臓がはみ出るような大きな傷ではないが、血が溢《あふ》れ出しており、新羅の服に赤い模様が広がっていく。

「待ってろ、今救急車を……」

　臨也が、当時としては珍《めずら》しかった携帯電話を鞄《かばん》から取りだした時、新羅がその手をガシリと掴《つか》んだ。

「その前に……用具入れにある……ガムテープ……取って」

「え？」

「……とりあえず……止血する……から」

「……ああ」

　腹を刺《さ》されているというのに、手慣れた様子で指示を出す新羅に、臨也は言われるままガムテープを差し出した。

特殊な巻き方で器用に傷口を塞《ふさ》ぎながら、新羅は臨也に笑いかけた。

「はは、やっぱり、ヒーローとか、柄《がら》じゃないね」

「喋《しゃべ》らない方がいいんじゃないか？」

臨也の言葉に、新羅は照れるように呟《つぶや》き続ける
「ヒーローになれば……僕《ぼく》が好きな人に、褒《ほ》めて貰《もら》えると思ったん……うぐっ！」

「おいおい……」

「大丈夫《だいじょうぶ》、すぐ死ぬような傷じゃないよ。内臓は無事みたいだし、奇跡《きせき》的に、腹膜《ふくまく》にも達してないみたいだ……うぐっ」

青い顔をしながら喋り続ける新羅を見て、臨也の胸中に飛来した感情は――

嫉妬《しっと》だった。

彼は、人間を観察する側の存在だという自負があった、自分が周囲よりも一段上の高みにいる人間だと思っていたのだ。

だが、そんな自分と違い、岸谷《きしたに》新羅は本当の意味で違う次元にいるのだと。

正義感でも、本能でもなく、『誰かに認められる為《ため》に』、あっさりとナイフの前に立つなど、そう簡単にできるものなのだろうか？　愛は盲目《もうもく》というが、新羅の場合は、明らかに常軌《じょうき》を逸《いっ》している。

自分自身も含めて、基準が完全に人間から乖離《かいり》しているように思えたのだ。

この時は臨也《いざや》も少し焦《あせ》っていた為《ため》、正確に自分の感情を整理できてはいなかったのだが、後で思い返した時、臨也は新羅《しんら》について『違う次元から人間を見ているかのようだ』と分析《ぶんせき》した。

もっとも、臨也と違い、新羅は人間の事が好きなわけではないのだが。

だが、それでも臨也は、羨《うらや》ましいと感じていた。

周囲の人間とも、自分とも全く違う次元にいる、同級生の少年。

そんな彼を見ていて——救急車を呼ぶための、携帯電話のボタンを押す手が止まった。

「……なあ、新羅」

刺《さ》し傷の痛みに呻《うめ》いている級友を前に、臨也は、小さな声で問いかけた。

「その傷さ、俺がナイフで刺した……って事にしていいか？」

「いつつつ……え？」

「その代わりに……俺《おれ》が、一生かけて奈倉《なくら》の奴《やつ》に後悔させてやるからさ」

♂♀

12年後

『それで、何て答えたんだ？』

「えーと、『じゃあ、それで』だったかな」

布団《ふとん》に横になる新羅の答えに、セルティ呆《あき》れたように文字を綴《つづ》る。

『お前は……本当に時々ダイナミックな行動をする奴《やつ》だが、子供の頃からだったんだな』

「ふふふ、セルティの前では優等生を演じていたからね」

『すまない、優等生にも見えてなかった』

「そんな!?　……うぐっ」

思わず大声を上げ、骨折した箇所に強い軋《きし》みを感じる新羅。

セルティは慌《あわ》てて新羅を落ち着かせ、彼の首筋の汗《あせ》をタオルで軽く拭《ふ》きとった。

腹の疵痕《きずあと》は、級友に刺されたものであり、臨也がその罪を被《かぶ》って、それをネタに級友をずっとパシリにし続けた。

それが、数日前にセルティが新羅から聞いた『真実』だった。

だが、今日《きょう》改めて詳細《しょうさい》を聞いていると、新羅の方にも大分問題が感じられる。

一方で、『新羅らしい』という思いもあり、セルティは複雑な想いで話の続きを切り出した。

『しかし、お前はそれで良かったのか？　刺した相手と、何食わぬ顔で過ごすなんて大変だったろうに』

「いや別に？　元々興味無い相手だったから。ああ、でも刺された事は、後から思い返したら凄《すご》く凄く許せなくてさ。臨也《いざや》にいいように使われてるのがいい気味だって思ってた」

『……お前がそんな事を思うなんて珍《めずら》しいな』

「だって、もしも刺《さ》されて死んだら……死ぬのはともかく、もうセルティに会えないかもしれないじゃないか。そう考えると、彼は僕《ぼく》からセルティを奪《うば》おうとしたも同然だよ。許せるわけないよ！」

力説する新羅《しんら》に再び呆《あき》れつつ、セルティは再び溜息《ためいき》を吐《は》くように肩《かた》を上下させ——今回の仕事の『報酬《ほうしゅう》』について振り返った。

結局、彼女は妙《みょう》なチップを回収したり、わざとパソコンを盗《ぬす》まれたり、臨也の妹を守るぐらいの仕事しかしていないのだが、臨也にとってはそれで充分だったようで、『仕事は無事に成功したよ』という連絡《れんらく》と共に呼び出された。

そして、意外と良い金額が入った封筒《ふうとう》と共に、臨也から支払《しはら》われた『情報』の内容は——

——澱切陣内《よどぎりじんない》。

——臨也は、それがストーカーに新羅を襲《おそ》わせた黒幕《くろまく》だと言っていた。

——にわかには信じがたいが……あいつがこういう場面で嘘《うそ》をつく奴とも思えない。

——それに、ルリちゃんの元の社長という事を考えると、確かにストーカーと繋《つな》がりはある。

——……。

──だが、それ以上に……私が気になったのは……。

──気になった……のは……。

「どうしたの？　セルティ？」

新羅の声に我に返り、誤魔化《ごまか》すようにＰＤＡを打ち込んだ。

『いや、なんでもない』

「セルティ、何か隠《かく》してない？」

尋《たず》ねてくる新羅に、セルティはハッキリと答えた。

『ああ、隠してる。だが、言いたくない』

「……ずるいやセルティ。そう言われると、僕にはもう為《な》す術《すべ》がない」

泣きそうな顔になった後、新羅はしょうがないなと溜息を吐《つ》いた後、セルティに優しく微笑《ほほえ》んだ。

「いいよ。無理には聞かない。あ、一応確認しておくけど、誰かと浮気してるとかじゃないよね？」

『それはないから安心しろ』

「安心したよ……安心したらなんか眠《ねむ》くなってきた……ふぁ……」

嬉《うれ》しそうに目を閉じ、ゆっくりと眠りに落ちていく新羅。

そんな新羅に意識を向けながら、セルティの心は締め付けられる。

彼女が悩んでいた事は、臨也《いざや》から報酬《ほうしゅう》として受け取った事実についてではない。

問題なのは——彼女が報酬の情報を受け取る時に感じた、強い、、、、、気配の事だった、、。

忘れよう筈《はず》もない、自分自身の、、、、、、首の、、、気配。


——間違いない……。

——私の首は……臨也の奴《やつ》が持ってる。

首は矢霧《やぎり》製薬の女が持ち逃げしている。臨也の情報収集能力を考えれば、とっくにその女と接触《せっしょく》して首を入手していてもおかしくはないだろう。

ぼんやりとしか感じなかったはずの気配が、今までにないぐらい強く強く感じられた。

気になって、数時間後に同じ場所に行ってみたのだが、その時は既《すで》に首の気配はいつもと同じぐらいの強さしか感じられなかった。

——やっぱり、あの場に臨也が持ってきてたのかもしれない！

——でも……何のために？

——臨也、やっぱりあいつは信用できない。

——いや、でも……あいつを追及して……首を返せと言って……どうなる？

首を取り戻したら、今の生活と記憶《きおく》はどうなってしまうのか？

新羅《しんら》が恐れていたように、池袋《いけぶくろ》で新羅と共に過ごした全《すべ》てを忘れ、本来のデュラハンとしての使命を果たすべく、この街での生活を失ってしまうのではないだろうか？

それを考えると、セルティは今までとは逆に、首と自分が接触してしまう事が恐ろしくて仕方なかった。

彼女はその気持ちを抑《おさ》える為《ため》、改めて新羅の顔を見る。

――新羅。

結局どうするべきなのか、答えは出なかったが――

彼の顔を見るだけで、自分の心が深い安堵《あんど》に包まれるのを感じていた。

新羅が襲《おそ》われた時は、怒《いか》りによって新羅が掛け替えのない存在だと気付き――

こうして彼に心を癒《いや》される事で、改めてそれを確認する。

そして、セルティは、かつて考えた事を再び強く思う。

これが、人間のいう恋や愛と同じ感情なのかは解《わか》らない。

だが、せめてそうであって欲しい。新羅と自分が、同じ感情で繋《つな》がっていて欲しいと――

彼女は祈《いの》る神も持たず、ただ、池袋《いけぶくろ》の街にそう願い続けた。

♂♀

池袋某所《いけぶくろぼうしょ》　路上

「結局、運び屋は何も言わなかったよ。気付いてはいたと思うんだけどね」

『これで言うのは1000回目ぐらいだと思うけど、貴方《あなた》って、本当に最低の人間ね。……私はあの首無しライダーのことは大嫌《だいきら》いだけど……今回ばかりは、ちょっとだけ同情するわ。考えて見れば、誠二《せいじ》を誘惑《ゆうわく》したのはアイツじゃなくて首の方なんですものね』

携帯電話から聞こえて来る波江《なみえ》の声に、臨也《いざや》は首を回しながら答える。

「君の憎悪《ぞうお》の基準は本当に明確だね。まあ、どっちにしろ、彼女が首を寄越せと言ったりしないのは解《わか》ってたよ。俺《おれ》が気になったのは、首の方に変化があるかどうかなんだけど……見た限りの変化はないね」

『滑稽《こっけい》な話ね。人間好きを公言する貴方が、死後の世界に希望を見いだしてるなんて』

「逆だよ。人間が好きだから、永遠に人間を見続けたいのさ」

『神様気取り？』

波江は呆《あき》れたように言うが、臨也は肩《かた》を竦《すく》めて反論する。

「そんな事はないさ。人間をどうこうしようなんて思わない。ただ、見ていたいだけさ。ああ、ときどき面白くなるようにちょっかいも出せたら最高だけどね」

『邪神《じゃしん》そのものね。北欧《ほくおう》神話のロキ気取り？』

「君といい四木《しき》さんといい、最近神話でもブームなのかい？」

そんな会話をいくらか紡《つむ》いだ後、仕事の話を済ませて電話を切る臨也。

彼は少し道を歩いた後、別れ際にセルティが言った事を思い出す。

——『しかし、今日《きょう》は少しお前の事を見直したよ。妹を守ってくれだなんて……お前も、自分の家族を心配するぐらいの人間性はあったんだな』

それが、果たして首の気配を感じた動揺を隠《かく》すためのおべっかなのか、あるいは本心なのかは解らない。

だが、臨也は心中《しんちゅう》で、そのセルティの言葉を否定する。

——違うよ、運び屋。

——てんで的《まと》外れさ。

——俺《おれ》が妹の護衛を頼んだのは……。

——あのバーに……贄川春奈《にえかわはるな》がいるあのバーに来られたら困るから。それだけの話さ。

そして、池袋《いけぶくろ》の街を歩きながら、臨也は暫《しば》し考える。

自分にとって、苦手意識はあるものの、やはり妹達も他《ほか》の人間達と同じなのだろうと。

折原臨也《おりはらいざや》という個人にとって、家族も他人も等しく友人という範疇《はんちゅう》にあるのだと。

だが、ふと臨也は、中学校時代の事を思い出す。

今回の事件の発端《ほったん》とも言える、奈倉《なくら》が新羅《しんら》を刺《さ》した時の思い出。

——考えてみれば……。

——あれは、唯一俺《おれ》の人格形成に、明確に影響があった事件かもしれないな。

あの時、自分の中に湧《わ》き起こった嫉妬《しっと》や敗北感といった感情を思い返し、自分にとって、岸谷《きしたに》新羅という人間は、友人というよりもライバルのようなものだったのではないかと考える。

平和島静雄《へいわじましずお》のような憎悪《ぞうお》の対象ではなく、自分が目指すべき存在だったのではないか？

だが、今の新羅を頭の中に思い浮かべ、笑いながらそれを否定した。

「そんなわけはないか」

——だけど、今思うと、確信を持って浮世離れしてたあいつが羨《うらや》ましかったのは確かだな。

そして、彼は今、その友人すら裏切ろうとしている。それこそ、臨也の基準ではなく、世の中の多くの人間が使う意味での『友人』と言える存在を。

——セルティに首を近づけたって知ったら、あいつ、怒るだろうな。

「ははっ」

唯一とも言える、世間基準での『友人』が怒《いか》る姿を想像し、小さく笑う臨也。

何も恐れることはない。

今までもそうして生きてきたのだと、笑い――

笑い――

笑い――

笑い――

彼は右手で拳《こぶし》を握《にぎ》り、それを思い切り電柱に叩《たた》きつけた。

激しい音がするが、裏路地の為《ため》、臨也の行為に気付いた者は誰もいない。

その時、臨也がどんな表情をしていたのか。

何故《なぜ》、拳を打ち付けたのか。

彼が、何を思ったのか――

それを知る者はこの世のどこにも存在しない。

何故なら――

「あ、いたいた！　イザ兄《にい》！　イーザー兄ーっ！」

「……族《兄さん》……」

「おや、どうしたんだい二人とも。蹴《け》りかかる前に声をかけるなんて珍《めずら》しいじゃないか」

妹達の声に振り返った時の臨也《いざや》は、いつもと変わらぬ笑顔だったのだから。

「イザ兄《にい》のこと、今日《きょう》はちょっと見直したよ！　あの首無しライダーに、クル姉《ねえ》を守るようにお願いしてたんだって⁉」

「……疑《本当なの》……？」

「やれやれ、おめでたいね。首無しライダーに秘密にしてる仕事があったから、邪魔《じゃま》されないようにお前達を利用したまでさ」

妹達の感謝の言葉に対し、ストレートに理由を告げる臨也。

だが、彼女達は顔を見合わせた後、笑いながら口を開く。

「それでもいいよ！　ありがと、イザ兄！」

「……謝《ありがとう》……」

「お前達の考えは、本当に読みづらいな」

「イザ兄が素直じゃないだけだよ」

苦笑しながら歩き出す臨也の左右に付きそう双子《ふたご》。

右側にいた舞流《まいる》が、兄の顔を見上げながら、自然な調子で言葉を紡《つむ》ぐ。

「ねえ、イザ兄、イザ兄は私達の事を他《ほか》の人と平等に扱ってるかもしれないけど、私達は、ちゃんと兄貴の事を家族だって思ってるんだから、それは忘れないでよ？」

「なんだ？　急に嬉《うれ》しい事を言ってくれるじゃないか」

死ねと言いながら蹴り掛かってきた舞流の言葉とも思えず、チラリと妹の顔を見たのだが
——彼女達は、いつも通りの無邪気《むじゃき》な笑顔を浮かべて、言葉を続けた。

「だから、もしイザ兄が静雄《しずお》さんに殺されたら、喜ぶ前にちょっとは泣いてあげるからね！」

「微《少しだけ》……」

「……お前達に家族愛を期待した俺《おれ》が馬鹿だったよ」

クスリと笑いながら、臨也は更《さら》に歩を進める。

そんな彼の右手を見て、舞流が首を傾《かし》げつつ問いかけた。

「あれ、イザ兄、なんか右手腫《は》れてない？」

「……健《大丈夫》？」

不安げに見つめる九瑠璃《くるり》の頭を左手でポンと撫《な》で、溜息《ためいき》と共に嘘《うそ》を吐《つ》く。

「ああ、ちょっとシズちゃんに追い回されて、その時にね」

「なーんだ、自業自得《じごうじとく》かあ」

「お前達も、あんな筋肉馬鹿に近づくんじゃない。死ぬぞ」

そんな会話を続けながら、兄妹が夜の町に消えていく。

街は如何《いか》なる者も受け入れるとばかりに——彼らの言葉は、まるで普通の家族であるかのように、自然な調子で街の喧噪《けんそう》の中に溶《と》け込んでいった。

♂♀

翌日　池袋《いけぶくろ》　露西亜《ロシア》寿司《ずし》

「最近、平和っすねえ」

カウンターに座って寿司を待つ遊馬崎《ゆまさき》の言葉に対し、隣《となり》に座っていた渡草《とぐさ》が怒《いか》りながら否定する。

「全然平和じゃねえよ！　ルリちゃんの知り合いの家に放火しようとしてた野郎《やろう》が捕《つか》まったんだ……こんな物騒《ぶっそう》な世界もねえ！」

「捕まったんだからいいじゃないっすか」

「馬鹿！　まだ主犯の徒橋《あだばし》って糞《くそ》野郎が捕まってねえんだ！　畜生《ちくしょう》……顔写真とか出てりゃ、俺《おれ》のワゴンで町中を探し出して、ホイールのサビにしてやるのに……！」

「落ち着けよ、渡草」

門田《かどた》が熱い茶を啜《すす》りながら窘《なだ》めていると、カウンターを片付けていたサイモンが門田達に問いかける。

「アレレ？　今日《きょう》、狩沢《かりさわ》お休みカ？　風邪《かぜ》引いたカ？　風邪引いた時、体力つける、寿司のお

「いやあ、狩沢さんは、今日はコスプレ仲間の女の子達と打ち合わせっす。だから、今日はマンガの話で盛り上がれる人がいなくて寂しいんすよ」

長息を吐《は》き出す遊馬崎に対し、サイモンが更《さら》に言葉を紡《つむ》ぐ。

「オー、溜息《ためいき》つく、幸せ逃げて行くネ。逃げた幸せは何処《どこ》にアル？　噂《うわさ》によると、イクラの中に入ってるヨ。イクラ、頼むといいネ。狩沢と離れていてモ、心は一緒《いっしょ》ヨ。お腹《なか》が満ちル、心も満ちルね。三人で四人前食べる、イイヨー。狩沢の弔《とむら》い合戦ネ」

「弔いってお前……」

門田がサイモンの言葉使いの間違いを指摘《してき》しようとしたのだが――

入口の扉《とびら》が開き、新たな客が入ってくる。

「ヘイ、いらっしゃー……オー！　久しぶりネ！　シャチョさん！」

サイモンが上機嫌《じょうきげん》で迎え入れた客を見て、門田達も驚いた表情を浮かべ――店長のデニスが、一人冷静に、客と門田達に対して問いかける。

「どうする、座敷が空《あ》いてるが、移動するか？」

そして、入ってきた客は、門田に対して軽く頭を下げながら口を開いた。

「お願いしていいですか、門田さん」

「紀田《きだ》……」

「すいません、門田《かどた》さん達がここに入るの見かけたもんで……ちょっと、相談があって」

「ああ、そりゃいいけどよ……」

門田が驚いた事は、二つ。

一つは、紀田正臣《きだまさおみ》がこの街に戻ってきていたという事。

もう一つは――彼が、首に黄色いスカーフを巻いていたという事だった。

♂♀

池袋某所《いけぶくろぼうしょ》
園原杏里《そのはらあんり》がジュンク堂書店から出てきた時、日は既《すで》に傾き掛けていた。
彼女は初心者の為《ため》の料理の本を大量に買い込み、書店の袋《ふくろ》を持ちながら家路につく。
夏休み中、特に彼女に目的があるわけではないが、どこかしら、心が高揚《こうよう》していた。
――紀田君が、街に戻ってきた。
――あの時だけかもしれないけど……。
――元気そうで、良かった。

先日のストーカー騒《さわ》ぎの時、杏里《あんり》が預かっていた猫を紀田正臣《きだまさおみ》が助けてくれた。

何故《なぜ》あの場所に居たのかは解《わか》らないし、結局殆《ほとん》ど何も話さぬまま駆《か》けていってしまった。

それでも、嬉《うれ》しかった。

帝人《みかど》が知ったら、きっと喜ぶだろう。

最近様子がおかしかった帝人も、正臣に会えば元に戻るかもしれない。

そんな希望もあったのだが、その後、何も進展は無い。

だが、『必ず杏里達の前に戻る』という正臣の言葉は、杏里にとって何よりも力強かった。

無事に正臣が戻り、また三人でいつもの日々が過ごせる時のために、彼女は自分がやるべき事が二つあると考えた。

一つは、二人に食べさせる料理ができるようになろうという事。

もう一つは——自分の中にある、罪歌《さいか》を完全に制御《せいぎょ》する事だ。

全く相反《あいはん》する雰囲気《ふんいき》の目標を持って、杏里はとりあえず料理本を買う事から始めたのだ。

だが、もう一つの方については、何をすればいいのか検討もつかない。こうしている間にも、『罪歌』は彼女の中に様々な愛の言葉を囁《ささや》き続けている。

その声を心の額縁《がくぶち》の向こう側に押し込めながら、杏里は溜息《ためいき》を吐《つ》きつつ道を歩んでいたのだが——

「あ！　杏里ちゃんじゃん！　ヤッホー！」

背後から自分を呼ぶ声がかかり、足を止めて振りかえる。

するとそこには、二人の女性が立っていた。

一人は知らない顔だが、もう一人は、知り合いの女性――狩沢絵理華《かりさわえりか》だった。

「狩沢さん、こんばんは」

相手の顔を見て、杏里の表情と心が僅《わず》かに綻《ほころ》んだ。

狩沢は、自分が『罪歌』を出している時の姿を目撃《もくげき》しているが、それでも普段と変わらずに接してくれている、非常に貴重な友人の一人だ。

「ジュンク堂に行ってたの？　なになに？　マンガとか買ったの？」

「いえ、料理の本を……あ、ええと……」

狩沢の横に立つ少女を見て、おろおろとする杏里だったが、狩沢が笑いながら紹介《しょうかい》する。

「ああ、この子、筒川《つつがわ》アズサちゃん。私のコスプレ仲間でさー、たまに渡草《とぐさ》っちのワゴンにも乗ってるから、よろしくね！」

「あ、そうなんですか！　あの、園原《そのはら》杏里です、よろしくお願いします……！」

「いいよ、アタイなんか相手にそんなに畏《かしこ》まらなくて。筒川アズサだよ、宜《よろ》しく！」

清楚《せいそ》な外見とは裏腹に、かなり男勝《まさ》りな口調《くちょう》のようだ。

杏里は面喰らいながら再び頭をさげ、狩沢に対して問いかける。

「今日《きょう》は、遊馬崎《ゆまさき》さん達と一緒《いっしょ》じゃないんですね」

「うん、さっきまでコスプレサークルの集まりがあってさー。あ、丁度良《ちょうど》かった! 前から杏《あん》里《り》ちゃんに言おう言おうと思ってたんだけどさー」

「?」

首を傾《かし》げる杏里に、狩沢《かりさわ》は目を輝かせながら言い放つ。

その言葉が、園原《そのはら》杏里という少女の運命を微妙《びみょう》に変えるとも知らぬまま。

「杏里ちゃんさ……コスプレやってみない? ううん、寧《むし》ろ、やろうよ!」

「……えっ?」

何を言っているのか理解できず、更《さら》に首を傾げる杏里に、狩沢は更に言葉を押し込んだ。

「アニメキャラとかじゃなくていいから! メイドとか巫女《みこ》服とか、そういう軽いのからさ!」

♂♀

夜 西池袋《いけぶくろ》公園

自分がかつて世話していた少女が、巫女服着用の勧誘を受けているなどとは夢にも思わぬまま——粟楠《あわくす》会幹部の赤林《あかばやし》は、一人の男と会っていた。

子供が既《すで》に家に帰った後の時間、公園のブランコに腰掛《こしか》けた赤林は——目の前に立つ情報屋に、一通の封筒《ふうとう》を手渡した。

「ま、大した仕事じゃないんだけどね。おいちゃんみたいな人間が、カタギの人を嗅《か》ぎ回るのも迷惑《めいわく》だと思ってさ」

封筒を渡された折原臨也《おりはらいざや》は、いつも通りの笑みを顔面に貼《は》り付けつつ、赤林に問う。

「少し意外でした。赤林さんは、私の事を疑ってるものかと」

「ああ、これでもかってぐらい疑ってるよ？　おいちゃんの読みじゃ、兄ちゃんは明日機組《あすきぐみ》とかとも仕事してるんじゃないかって思ってるんだけど、どうかな？」

ヘラヘラと笑いながら、ブランコを揺らめかせる事もなく静かに座り続ける赤林。

「明日機組なら、同じ目出井《めでい》系列なんですから問題ないでしょう？　いや、してませんけどね」

「そう単純なもんじゃないってのは、兄ちゃんなら解《わか》るだろう？」

臨也はその言葉には軽い笑みで答え、封筒の中にある写真を取りだした。

写真を見た瞬間《しゅんかん》——臨也は、ほんの僅《わず》かに笑いの質を変化させる。

だが、赤林の左目はそれを見逃さなかった。

「顔色が変わったねえ。……知り合いかい？」

「うちの学校の後輩《こうはい》ですよ。彼がどうしたんですか？」

「何、おいちゃんが昔世話になった人の娘《むすめ》さんがさ、その坊主《ぼうず》とちょくちょく出かけてるって話なんだけどよ……。どうも、その坊主《ぼうず》がカラーギャングなんじゃねえかって噂《うわさ》があってねえ。なに、恋路を邪魔《じゃま》するような野暮天《やぼてん》する気はねえけどさ、その坊主が変な事に関わってねえかどうか、それが気になってねえ」

ヘラリヘラリと話し続ける赤林《あかばやし》の言葉を聞き、臨也《いざや》は心中《しんちゅう》で警戒《けいかい》レベルを上げていく。

──赤林か。

──確かに、喰えない男だ。

──これは、俺《おれ》という人間を測る為《ため》の依頼でもあるのかな……？

臨也は心中で不敵《ふてき》な笑みを浮かべ、顔にはいつも通りの表情を浮かべたまま口を開く。

「解《わか》りました。もし何か変な事に関わってたら、俺からも止《や》めるように説得しますよ」

「悪いね。探偵《たんてい》さんとかに頼むより、年の近い情報屋さんの方がいいと思ってさ。いや、その娘《むすめ》さんの両親、つまりおいちゃんの世話になった人はもう亡《な》くなってるからさ。なんかあったら、天国の御両親に申し訳ないと思ってね」

世間話さながらの調子で話し続ける赤林に、臨也はあえて挑発《ちょうはつ》するように尋《たず》ねかけた。

「父親の方は、天国ですかねえ？」

「はっはっは、流石《さすが》は情報屋さんだ。その程度の話は知ってて当然ってわけだ」

赤林の言う少女というのが園原杏里《そのはらあんり》であるという事と、その父親が虐待《ぎゃくたい》をしていたという事実を同時に含めた言葉だったが、赤林の表情に変化はない。それどころか、一秒と経たずに答えた所を見ると、その程度の挑発《ちょうはつ》は予想済みという所だろう。

――本当に喰えない男だ。

――四木《しき》さんといい、粟楠《あわくす》会は侮《あなど》れない奴《やつ》が多いね全く。

心中で苦笑を積み重ねながら、臨也は恭《うやうや》しく一礼してから封筒《ふうとう》を懐《ふところ》にしまい込んだ。

「では、仕事としてキッチリ調べさせてもらいますよ」

「この写真の少年――竜ヶ峰帝人《りゅうがみねみかど》君の『今』について、徹底《てってい》的にね」


少年達の想いがすれ違い、大人《おとな》達の想いが蠢《うごめ》き始め――

池袋《いけぶくろ》の街に、大きな渦《うず》が生まれようとしていた。

渦の中心に待つものが何なのか、誰一人として予測もできぬまま。

製作

イラスト＆デザイン
ヤスダスズヒト

装丁
鎌部善彦

編集
鈴木Sue
和田敦

出演

折原臨也

セルティ・ストゥルルソン
岸谷新羅

折原九瑠璃
折原舞流

黒沼青葉

平和島静雄
田中トム
ヴァローナ

写楽影次郎
写楽美影

四木
粟楠茜

遊馬崎ウォーカー
狩沢絵理華
門田京平
サイモン・ブレジネフ

竜ヶ峰帝人
園原杏里
紀田正臣

矢霧波江

『デュラララ!!』×9　完

発行　株式会社アスキー・メディアワークス
発売　株式会社角川グループパブリッシング

原作

成田良悟

あとがき

どうも、お久しぶりの人はお久しぶりです。成田良悟です。

というわけで、『デュラララ!!』シリーズもこれにて9冊目と相成りました。2桁達成目前ですが、ここまでこれたのも読者の皆さんのおかげです。本当にありがとうございます……！

『デュラララ!!』シリーズだけ買って下さっている方にはよく「もっと早く書けないの？」と言われたりもしますが、私は現在電撃文庫で5シリーズ同時に書かせて頂いており、デュラとデュラの間にも色々な本を書いている状態でして……。ですので、もし宜しければ『デュラララ!!』だけではなく、『バッカーノ！』『ヴぁんぷ！』『越佐大橋シリーズ』『世界の中心、針山さん』など、他のシリーズも手にとって頂けると幸いです……！

ともあれ、この『デュラララ!!』のアニメが始まってから一年間以上が経ちますが、本当に色々な事がありました。嬉しい事も多かった分、色々な仕事が増えて物凄く目まぐるしかった一年でもありました。一年間に七冊出していた頃よりも忙しい上に作業量が多いという不思議時空な一年間でしたが、なんとか乗り越える事ができたのも、一重に素晴らしいアニメやコミック、並びに『デュラララ!!』グッズなどを作って頂いた事と、読者の皆さんの応援のお陰です！

そして、今月はついに、DVDの最終巻が発売となります！

感慨無量と申しますか、嬉しさと寂しさが入り交じった複雑な気持ちです。デュラアニメという膨大な熱の籠もった一年が終わり、これから先への期待と不安が入り交じっております。

最終巻にはOVAとして25話『天下泰平』が収録されるのですが——こちらは12．5話と同じく、私の原案とキャラクターの台詞を元に、脚本の形に直して頂いたものです。「これ、30分に収まるわけないけどどうしよう」と思いつつ書いた大量のキャラ台詞を鮮やかに纏めて頂いて、本当に監督と脚本家さんの手腕に感謝&脱帽です……！

キャラクターがほぼ総登場となる上に、アニメ未登場のマックスなども出る賑やかな話となっておりますが、テレビ放映分最終回と共にお楽しみ下さいませ！

素晴らしいアニメを作って下さった大森監督並びに高木さんをはじめとする脚本の皆さん、ブレインズ・ベースの方々に感謝感謝の大感謝なのですが——先月、大森監督と高木さん、そしてブレインズ・ベースの皆さんが作って下さったもう一つのアニメ、『バッカーノ！』のBDボックスが発売となっております！

ブルーレイの高画質となって生まれ変わった『バッカーノ！』、このあとがきを書いている時点では私もまだ未見なのですが、こちらも原作を素晴らしいアニメに料理して下さった一品ですので、未見の方も既に一度楽しんだ方も、デュラアニメと共に楽しんで頂ければ幸いです！

そしてなんとなんと、『デュラララ‼』等を主体としたヤスダスズヒトさんの画集発売が決定しました……！　ヤスダさんが月刊「少年シリウス」で連載なさっている『夜桜四重奏』を中心とする画集と、二冊同時発売となります……！　このビッグな同時発売企画、その一端に『デュラララ‼』の名を加えて頂き、ありがとうございました！

詳細が出たらまた色々と告知があると思いますので、『デュラララ!!』や越佐大橋シリーズと共に、ヤスダさんワールドをお楽しみ下さい！


……むう、なんだか関連商品の宣伝コーナーになっているような気がしてきたので、デュラ9の話や近況などを。

今回は臨也の話でした。今まで臨也は三巻ごとにラストで酷い目にあってたのですが、今回はそのジンクスを打ち破れたのかどうか、読者の皆さんが各々判断して頂ければ幸いです。

近況は……最近はPSPで、モンでハンしてダンガンでロンパっています。

……失礼しました。

本編の原稿が終わって、心置きなく『モンスターハンターポータブル3』をやっているのですが——モンハンオンリーになるかと思われた生活の中に、『ダンガンロンパ 希望の学園と絶望の高校生』という衝撃的な作品が現れ、私の脳髄に鋭い楔を打ち込んでくれました……！

アクションと推理を組み合わせたハイスピードにしてハイテンションなサイケデリック推理活劇といった感じで、埒外に濃いキャラクター達が噛み合っていく様に打ちのめされました！

というわけで、『ダンガンロンパ』で検索して、自分の中のとんがった部分と歯車が合いそうだったら買って損はないですよ！

あれ、今度は関連してない商品の宣伝コーナーになってる……⁉

※以下は恒例である御礼関係になります。
いつも御迷惑をおかけしております担当編集の和田《ばぴお》さん。並びに鈴木統括編集長を始めとした編集部の皆さん。毎度毎度仕事が遅くて御迷惑をおかけしている校閲の皆さん。並びに本の装飾を整えて下さるデザイナーの皆様。宣伝部や出版部、営業部などアスキー・メディアワークスの皆さん。今回は過去最大級のピンチを迎えてしまって申し訳ありませんでした……！

いつもお世話になっております家族、友人、作家さん並びにイラストレーターの皆さん。

大森監督や声優さん達をはじめとした『デュラララ‼』アニメスタッフの皆さん、昨年末に三巻が発売となり、「Ｇファンタジー」で現在も素晴らしい漫画を描き続けて下さっている茶鳥木明代さん、並びに編集の熊さん。

画集の準備や漫画連載に忙しい最中、スケジュールの合間を縫って素晴らしいイラストを仕上げて下さったヤスダスズヒトさん。今回は原稿をお渡しするのが遅れてすいません……！

そして、この本に目を通して下さったすべての皆様。

――以上の方々に、最大級の感謝を――ありがとうございました！

２０１１年１月　【侵略！イカ娘】に精神を侵略＆占拠されながら

成田良悟

◉成田良悟著作リスト

「バッカーノ！ The Rolling Bootlegs」（電撃文庫）

「がるぐる!〈下〉 Dancing Beast Night」(同)
「5656! Knights' Strange Night」(同)
「デュラララ!!」(同)
「デュラララ!!×2」(同)
「デュラララ!!×3」(同)
「デュラララ!!×4」(同)
「デュラララ!!×5」(同)
「デュラララ!!×6」(同)
「デュラララ!!×7」(同)
「デュラララ!!×8」(同)
「ヴぁんぷ!」(同)
「ヴぁんぷ!II」(同)
「ヴぁんぷ!III」(同)
「ヴぁんぷ!IV」(同)
「ヴぁんぷ!V」(同)
「世界の中心、針山さん」(同)
「世界の中心、針山さん②」(同)
「世界の中心、針山さん③」(同)

本書に対するご意見、ご感想をお寄せください。

■

あて先

〒102-8584 東京都千代田区富士見1-8-19
アスキー・メディアワークス電撃文庫編集部
「成田良悟先生」係
「ヤスダスズヒト先生」係

■

電撃文庫

デュラララ!!×9

成田良悟《なりたりょうご》

発　行　2011年2月10日　初版発行
2014年3月20日　8版発行

発行者　塚田正晃
発行所　株式会社KADOKAWA
〒102-8177　東京都千代田区富士見2-13-3
03-3238-8521（営業）
プロデュース　アスキー・メディアワークス
〒102-8584　東京都千代田区富士見1-8-19
03-5216-8399（編集）
装丁者　荻窪裕司 (META + MANIERA)
印刷・製本　加藤製版印刷株式会社

ISBN978-4-04-870274-4　C0193　Printed in Japan

電撃文庫　http://dengekibunko.dengeki.com/
株式会社 KADOKAWA　http://www.kadokawa.co.jp/

電撃文庫創刊に際して

文庫は、我が国にとどまらず、世界の書籍の流れのなかで〝小さな巨人〟としての地位を築いてきた。古今東西の名著を、廉価で手に入りやすい形で提供してきたからこそ、人は文庫を自分の師として、また青春の想い出として、語りついできたのである。

その源を、文化的にはドイツのレクラム文庫に求めるにせよ、規模の上でイギリスのペンギンブックスに求めるにせよ、いま文庫は知識人の層の多様化に従って、ますますその意義を大きくしていると言ってよい。

文庫出版の意味するものは、激動の現代のみならず将来にわたって、大きくなることはあっても、小さくなることはないだろう。

「電撃文庫」は、そのように多様化した対象に応え、歴史に耐えうる作品を収録するのはもちろん、新しい世紀を迎えるにあたって、既成の枠をこえる新鮮で強烈なアイ・オープナーたりたい。

その特異さ故に、この存在は、かつて文庫がはじめて出版世界に登場したときと、同じ戸惑いを読書人に与えるかもしれない。

しかし、〈Changing Times,Changing Publishing〉時代は変わって、出版も変わる。時を重ねるなかで、精神の糧として、心の一隅を占めるものとして、次なる文化の担い手の若者たちに確かな評価を得られると信じて、ここに「電撃文庫」を出版する。

1993年6月10日
角川歴彦